달빛을 —— 보내주세요

달빛을 보내주세요

1판 1쇄 발행 | 2022년 4월 15일

지은이 | 신애리
발행인 | 이선우
펴낸곳 | 도서출판 선우미디어
　　　　등록 | 1997. 8. 7 제305-2014-000020
　　　　02643 서울시 동대문구 장한로12길 40, 101동 203호
　　　　☎ 2272-3351, 3352 팩스: 2272-5540
　　　　sunwoome@hanmail.net
　　　　Printed in Korea ⓒ 2022. 신애리

값 13,000원

※ 잘못된 책은 바꿔 드립니다.
※ 저자와 협의하여 인지 생략합니다.

ISBN 978-89-5658-695-3 03810

신애리 산문집

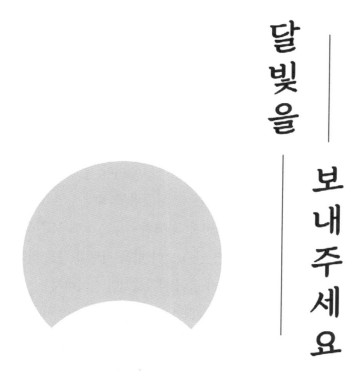

달빛을 보내주세요

오늘의, 그리고 내일의 어머니에게
건네는 희망의 메시지

선우미디어 sunwoomedia

작가의 말

글을 쓴다는 것은 푸른 달빛을 빌리는 일이다. 날마다 살아내는 일이 시린 기도이고 보니 나는 늘 달빛의 모성애에 연연했었다.

책 만들기는 어릴 적 할아버지 집 뒤꼍에 있는 오래 묵은 우물을 청소하는 과정과 같다. 좋은 날을 받아 향을 사르며 절을 하고 나서 두레박으로 물을 퍼내다가 물이 자작해지면 할아버지가 사다리를 우물 속에 넣고 바닥으로 내려가셨다. 검은 뻘로 변해버린 낙엽과 흙먼지는 삽으로 두레박에 퍼 담아 바깥으로 올려보내고, 자갈은 맨발로 자근자근 밟고 짚수세미로 벽 틈의 푸른 이끼까지 꼼꼼하게 닦아내셨다. 스며들 듯 천천히 새 물이 솟아나고 뿌옇던 물이 차분히 가라앉으면 우물 청소가 제대로 끝난 것이다.

바닥까지 내려가지 않아도 나를 되돌아볼 수 있도록 우물을 자주 퍼 올리려 한다. 내 몫이었던 행복의 조어대를 넉넉히 나누는 일이 남았다.

이 책을 읽는 독자님들, 작품 해설을 써주신 손정란 선생님, 함께 달려준 가족과 이웃들에게도 푸른 달빛을 담뿍 보내드린다.

2022년 봄

신애리

차례

4부 발을 만지다

1부

대출하는 날

돌나물

연초록 돌나물이 상큼하게 식반 위에 올랐습니다. 자잘한 여린 이파리에 고춧가루, 식초, 물엿 맛까지 단단히 준비한 돌나물을 한 입 삼키려다 사레가 들리고 맙니다.

갑자기 돌나물을 캐는 시간 속으로 슬러덩 빠져서 되돌아 나올 방법을 못 찾고 허우적거리다 아직 반도 더 남은 밥도 포기하고 식반을 들고 벌떡 일어나 버립니다. 봄이 소리 없이 잘 지나가더니 돌나물 끝에 덜컥 걸렸습니다. 혼자서 매화도 보러 가고 이웃들을 재촉해서 하얗게 헤실헤실 웃는 벚꽃도 데리고 다니며 이 골목 저 골목을 외롭지 않으려 쫓아다녔는데….

줄을 지어 파랗게 자라는 돌나물을 캐는 바위 언덕과 초고추장을 만들어 비벼 먹던 낡은 밥상까지 돌나물처럼 줄줄이 이어져 뒤쳐나옵니다. 묵은김치로 만든 김치전과 자반고등어 한 조각 시퍼렇게 밥상 위에서 자라나는 취나물, 돌나물 초무침, 냉이된장국 삐

똘빼뚤 늘어선 반찬보다 더 크게 자리 잡은 밥그릇 하나.

그만하면 잊은 듯이 그린 듯이 삼켜두고 살 줄 알았습니다. 친구도 이웃도 다 옆에 있는데, 무엇이 부족하고 욕심나서 산자락까지 움켜쥐어야 하는지. 산은 산대로 그렇게 굽이치며 주름 지우며 사는 것이고. 물은 물대로 이렇게 주름진 자락을 펼치며 넉넉히 품어가며 살면 되는 게지.

그런 거지. 그런 것이지. 발끝을 톡톡 채는 그리움쯤이야 그쯤이야. 그림을 표구하듯이 곱게 접어서 바람에 꾸덕꾸덕 말려가면서 시간을 살아가는 일이지. 돌나물은 길에 나앉은 기억을 끌고 이곳저곳을 쏘다니다가 오늘은 식반 위에 턱 버티고 앉아 해작질을 부리다 갑니다.

밥알들이 또르르 살아나서 입속을 뛰어다닙니다. 봄을 타는지 도저히 씹어서 삼키기가 어려워 점심을 건너뛰고 나와서 시청까지 갔다 오니 누렇게 허기가 집니다.

한낮의 열기는 초여름처럼 장렬하게 쏟아져 내리고 아직도 겨울 풍경을 하고 버스에 앉아 있자니 슬금슬금 속이 울렁거립니다. 그 짧은 거리도 차멀미를 합니다. 아직도 봄의 시간은 끝나지 않았나 봅니다.

(2009. 4.)

매실의 발효를 바라보며

매실이 노랗게 익어가며 여름의 첫 문을 연다.

겨울의 끝자락. 동장군의 차가운 호령에도 묵묵히 인내하며 하얗게 온 산하에 꽃을 피워 봄을 초대하는 전령의 몫을 톡톡히 해낸 청매화 가지 끝에 주렁주렁 봄 선물이 달렸다.

올해도 건강을 위해 매실 엑기스를 만든다고 12kg 정도의 노란 설탕을 사고 큰 통을 여러 개 구입했다. 주변에서 따다 준 매실을 깨끗하게 한 번 씻어서 소쿠리에 건져 건조시킨다. 준비된 통에 물 빠진 매실을 담고 그 위로 설탕을 제 양만큼 붓고 공기가 들어가지 않도록 마개를 꽉 잠가두면 엑기스 만드는 일은 끝이 난다. 그늘진 세탁실 한쪽에 세워둔 매실 통. 백 일을 기약하고 뜨거운 기다림이 시작된다.

첫날 물기를 가신 매실이 묵묵히 숨을 죽이고 까슬까슬한 노란 설탕이 그 위를 무겁게 누르고 있다. 갑작스런 동거에 놀라 서먹한 자세로 서로를 견제하며 한 치의 빈틈도 보여주지 않는다. 깔끔하게 선을 긋는다.

일주일 후 설탕의 노란 색감이 검은빛으로 변화되어 가고 통 속에는 액체가 생겨났다. 아래쪽으로 밀려 내려온 설탕은 파도가 일렁이는 모래톱처럼 액체와 함께 설탕의 입자가 그대로 쌓여 있다. 매실의 파란빛이 노랗게 변색되어 간다. 청매실과 노란 설탕은 밀폐된 공간에서 서로를 열려고 노력한다. 전혀 의도되지 않은 상황임에도 함께 존재한다는 이유 하나로 서로가 서로를 허물고 있다.

이 주일 지나니 제법 액체가 생겨난다. 아직도 고집스런 설탕들이 제 입자를 내세우며 가라앉아 있고 성급한 매실은 퉁퉁 불어서 위로 밀려 올라가고 있다. 매실의 색감은 완전히 노랗다. 어제의 파란색은 잊혀져버렸다.

설탕은 가루 상태의 고체 물질이란 걸 슬쩍슬쩍 잊고 매실 속으로 젖어 들고 있다. 가지 끝에 매달려 차가운 하늘을 바라보던 청매실의 기억은 설탕의 진득진득한 에너지 속으로 침몰하더니 어제를 놓치고 퉁퉁 부풀어 위로 올라가고 있다. 하얀 거품이 새로운 가족으로 생겨나고 있다.

삼 주일 뒤 통 속은 점점 짙은 색감을 띤다. 매실의 색감이 우중충해지고 설탕은 더욱 촉촉해졌다. 자신의 본질과는 관계없이 액체의 상태로 전환되어 간다.

내가 누구인가는 저만치 벗어두고 끈적한 액체인 매실 물로 함몰되고 있다. 너와 나의 시간은 그렇게 서로를 녹여가는 시간이다. 울퉁불퉁한 나날의 나였든, 매끈하고 날렵한 나였든 용매와 용질로 서로를 나누다가 서로가 되는 시간, 엑기스를 만드는 그 화학적 변화에 서로를 던졌다.

매실도 아닌 것이 그렇다고 설탕은 더더욱 아닌 것으로 변화되는 것. 그것으로 변화되는 시간이 백 일이다. 어두운 밀약密約 때문에 매실이 설탕 속에서 익어가고 있다. 기포를 퐁퐁 쏘아 올리며 그렇게 익어가고 있다. 얼음을 동동 띄운 매실액을 생각하며 변화를 지켜본다.

내가 그동안 무엇을 했는가? 넌 무엇을 했는가? 되물을 이유가 없어졌다. 우리는 뜨겁게 들끓고 있는 화학적인 변화 속에 잠시 앉아 있었던 거다. 숭숭 피어오르는 기포와 함께 표류하고 있었던 거다. 매실이 설탕에게, 설탕이 매실에게 그들을 구속한 통에게 백 일의 동거는 무엇인지 묻고 있다. 노란 엑기스로 발현되는 뜨거운 순간들의 기억은 설렘인지, 두려움인지 묻는다.

발효의 과정이 끝나면 밀봉된 마개를 열고 새 세상을 만난다. 그곳엔 유난히 푸르던 매실도, 노란 설탕도 없다. 연노랑 매실액이 백 일의 동거를 마치고 새로운 출발을 기다리고 있다.

부글부글 끓어오르며 끊임없이 철저한 형질 변경을 요구한 발효의 과정은 끝이 났지만, 지금부터 시작이다. 숙성을 기다리는 시간은 발효를 기다리는 백 일보다 길다. 숙성에는 얼마까지라고 정해둔 기약이 없다. 일 년인지 십 년인지 아주 먼 백 년인지, 내가 기다릴 만큼 기다리는 것이다. 매실액은 숙성하는 만큼 약성은 늘어나고 색감이 짙어진다.

전혀 다른 새로운 나로 전환되기 위해 밀약의 통 속에 백 일을 함께 존재한 매실과 설탕은 고요히 숙성을 기다리고 있다. 너와 나도 자잘한 인연들 속에 녹아서. 먼 곳에서 혹은 가까운 곳에서 익어가고 있다. 은은한 약성의 향내를 품고 소리를 삼키며. 이곳까지 도달하는 일에 전력투구했다.

무엇이 되기 위해 무엇으로 되어 있기 위해 발효와 부패의 선상에서 뜨겁게 오열했다. 진한 가스에 숨 막혀 하며 발효의 산을 넘어서 지루하고 때론 답답하기도 한 고요 속의 변화, 성숙의 과정을 살고 있다. 이것으로 매실과 설탕의 변화는 끝인 줄로만 알았다. 나의 눈은 꼭 그만큼에서 고정되어 있었다.

예순을 바라보는 선배는 숙성하면 뭘 할 건데? 숙성해야 하는 이유를 물으신다. 맨 처음 왜 매실과 설탕을 준비했는지. 매실과 설탕을 통해서 무얼 하려고 했는지 물으신다. 숙성보다 더 큰 것은 나눔이라 하신다.

건강이 약하신 친정 부모님께, 살림 솜씨가 부족한 후배들에게,

멀리 있는 딸의 여름 음료용으로 그렇게 나누는 것이라 한다. 그런데 나누는 그것이 제일 어렵더라 하신다.

꼭 그만큼이다. 나의 폭이 선택의 한계치가 무섭다. 매실을 선물한 선배에게 한 수를 배우며 절로 고개가 숙어 든다. 지지고 볶는 세상사도 고요 속의 침잠도 다 살기 위한 일이고 함께 존재하는 방편이란다.

여기저기 움푹움푹 팬 상처 그대로 발효와 부패, 성숙 그리고 나눔을 실천하는 올해의 매실과 설탕을 지켜본다. 아직도 두 달은 더 기다려야 한다. 제법 색감이 진한 것이 유기농 매실의 약성을 미리 기대해 보게 한다.

누구랑 나눌지 많지도 않은 매실액을 놓고 머릿속은 행복한 꿈으로 화르르 하얀 매화꽃이 피어난다.

(2012. 7.)

후회하는 중

'쿵, 찌익.' 차가 긁히면서 진행하는 소리.

칙칙한 봄밤은 어둡고 부산일보 빌딩 앞길은 비좁다. 음악 감상 시간에 늦었다고 허겁지겁 차를 움직여 골목에 진입해서 주차할 만한 자리는 전선주가 있는 옆. 공간 개념이 없는 것인지 시력이 낮아지면 물체를 제대로 인식하는 능력까지 낮아지는 것인지. 주인을 잘못 만난 차는 여기저기 부딪치고 긁힌 자국이 우표에 꾹 눌러 찍힌 물결무늬 소인처럼 구석구석 도배를 해서 얼룩덜룩 요란하다.

문을 쾅 닫고 짜증을 버럭 내며 몇 걸음 걸어와 보니 굳이 전선주가 옆에 있는 불편하고 좁은 곳이 아니라도 편안하게 주차할 수 있는 자리가 보이는 거다. 그것도 한 차 바로 앞에서. 다급한 그 상황에서는 앞에 봉고 버스만 눈에 들어오고 그 너머의 상황은 전혀 감지하질 못했다.

한 번만 더 휘둘러 볼 걸. 조급하고 덜렁거리는 성정 탓에 머피의 법칙처럼 차 긁히고 불퉁거리며 화를 내고 나서 편안한 공간이 기적처럼 나타나 보인다는 거다. 편안하고 넓은 주차 자리가 내 속에는 없는 것인지. 한 걸음만 더 천천히 걸으면 환하고 편안한 공간으로 연결되었을 텐데….

잠시라도 앉아서 쉴 여유도 없이 일 분을 당겨서 일과 일 사이를 연결하고 매듭도 없이 뒤섞어서 혼란을 자초해 놓고. 정작 본인은 망연자실 팔만 휘두르며 화를 내면서 사건을 더 크게 부풀릴 뿐이다.

조율해 나가려는, 해결해서 정리하려는 의지가 전혀 없어 보인다. 찌익, 차 긁히는 소리는 쉰을 향해서 막바지 고개를 숨 가쁘게 치닫는 내 인생에 금가는 소리로 들린다.

불안으로 흔들리는 마음의 소리로 늙어감에 대해 반항하는 어리석은 투정으로. 책임질 수 있는 양보다 몇 배로 늘어나서 드디어 자신을 눌러대는 책임의 소리로 들린다.

삶이 무겁거나 관계가 복잡해지면 툴툴 신발을 털어서 인간사를 깨끗하고 단순하게 해결해 내는 성경 속 구약시대의 사람이고 싶다. 나는 당신과 더 이상 아무런 상관이 없어. 다시는 이 마을엔 안 올 거야. 다음이 싫어. 라고 당당하게 말하는 사람이고 싶다.

신발에 묻은 흙을 툭툭 털면서 인연의 몫을 정리하던 간단명료

한 지혜가 요즘은 구절구절 법으로 얽히고. 주민등록번호처럼 긴 숫자에 칭칭 감긴 관계에 묶여 성경 속 이야기는 희망 사항이고 환상에 불과하다. 차가 긁히는 일이야 돈으로 해결해 놓을 수도 있는 일이지만, 인연들 사이에서 찌익 금이 간 흔적은 무엇으로 해결해야 하는지….

후회는 아무리 빨라도 늦는다고 했던가. 차가 긁히는 순간 아차! 또 사고다.

(2007. 4.)

소주 한 잔

8월의 마지막을 하루 앞둔 저녁. 온종일 뜸을 들이며 미적거리던 비가 드디어 굵은 소낙비로 쏟아진다. 지난여름이 너무 뜨거웠나 보다. 손이 데고 가슴이 데도록….

불가로 찾아드는 하루살이 나방처럼 하루만 살아도 그래도 좋은 불빛. 마지막 여름비가 뜨겁던 도로를 천천히 식혀주고 있다. 구월을 맞이하는 준비를 착실히 하고 있는 거다.

저만치 사선으로 비껴 앉은 곳에 늦은 저녁을 먹는 커플이 눈에 들어온다. 40대 초반이거나 30대 후반쯤의 여자치고 큰 키라 어깨가 구부정하고 정리가 안 된 갈색의 긴 파마머리. 나들이옷이라기엔 초라한 연보라색 티셔츠를 입은 여자다.

사는 일에 지쳤는지 움푹한 눈을 반쯤 감고는 왼손으로는 턱을 괴고 오른손으로 맑고 투명한 소주잔을 불안하게 쥐고 앉았다. 바들바들 떨리는 눈꺼풀 끝에 조롱조롱 매달린 세상을 다 마셔 버린 듯 지그시 바라보는 소주잔.

아! 오늘은 취하고 싶다. 그녀처럼 소주 한 잔을 기울이며 뜻 모를 음절이라도 웅얼거리며 내일 후회할 가슴앓이라도 죄다 쏟아놓고 소리를 치고 싶다. 부럽고도 간절한 눈빛으로 그녀를 지켜보다 피로에 가득 절은 여자의 소주잔 속에 풍덩 담긴 나를 보았다.

지치고 남루해서 더 이상 낮아질 자리도 없이 가라앉은 삶의 한 자락을 보았다. 철저히 바닥에 앉아 있기에 웃을 수 있는 겐지. 더 나아갈 기대치조차 남겨 두지 않은 육지의 끝자락, 바다의 시작, 삶의 끝자리를 보았다.

바깥으로 포장된 팽팽함, 일견 완전한 듯 보이는 헌신과 자신감. 다시 살펴보면 목숨을 위한 노력이고 살아남기 위한 최면 같은 것이다. 소주 한잔하고 싶다. 쓰다고 진저리치며 탁자 위에 탁, 소리 내며 호기롭게 내려놓고 싶다. 쓰고 독한 소주의 위력으로 잊어버리고 싶다.

둘이라도 좋고 셋이라도 좋고 혼자면 또 어때. 낡은 포장마차 천막 한 귀퉁이 붉은 비닐 의자에 엉덩이를 깊숙이 들이밀고 맑은 소주 한 잔을 독약처럼 마시면, 눈까풀에 무겁게 매달린 남루한 눈물을 방울방울 흘릴 용기라도 나려는지….

건너야 할 江은 자신이었다. 25도 알코올의 힘으로라도 건너고 싶은 江이 있다. 혼자서 가야만 하는 江이 있다. 인간의 역사는 곧 잘 도망가고 다시 붙잡혀 억지로라도 돌을 굴려야 하는 시시포스의 신화다.

인간이니까 미련하다. 인간이니까 도망가고 싶어 한다. 인간이니까 꿈을 꾼다. 인간이니까 그렇다. 기다리고 싶어지는 거다.

(2006. 8.)

무더위

팔월이 셋째 주를 시작하는 지금도 더위는 수그러들 기미를 보이지 않고 연일 복날인 양 햇살은 등때기를 시꺼멓게 태울 듯이 따갑다.

초복 날 부엌 어귀에 주저앉아 침을 질질 흘리는 누런 똥개만큼 기가 빠지고 얼이 빠져 연신 체머리를 흔드는 내 몫의 인생도 복더위를 먹었나보다. 저만치 던져 놓고 잊어버린 생각들 속에서 시퍼렇게 곰팡이꽃이 피고, 누렇게 변색되어 본래의 제 모양을 잃어버린 채 불쑥 나타난다.

심히 흉물이다. 내 생각이 아니다. 강하게 머리를 흔들며 부정하고 싶다. 남들은 책임이며 몫이라 말한다.

싫어 싫다고. 그렇게 투정 부린다고 해결될 일이 아닌 줄 아는데, 그래도 최대한 멀찍이 줄을 잡고 도망가고 싶은 마음이었다. 붙잡을 수 없듯이 도망갈 수도 없음을 안다는 것조차 애써 부정하고 싶었다.

집 안 구석구석에 숨어서 차곡차곡 쌓여만 가지 결코 줄어들지 않는 살림의 흔적들. 언젠가 쓰겠지. 언젠가 찾을 거야. 그런 막연한 믿음이 집안 곳곳에 무더기로 골동품을 쌓아 올리고 낡고 퀴퀴한 나프탈렌 냄새가 은은히 스민 박물관으로 만들어 가고 있다.

아무도 찾지 않는 박물관에서 손님을 기다리다 스스로 박제되어 손가락만 스치면 스르르 사라지는 먼지 환영 같다. 등잔은 숨겨 놓아도 빛을 내지만, 어리석음은 덧칠을 할수록 흉물스러울 뿐이다.

더위에 푹푹 찌면서 곰팡내 나는 사실들과 박제되어가는 사물을 바라보는 것이 두려웠다. 삭아가고 낡아가는 것들을 인정하기 싫었다. 왜 좀 더 밝지 못하는가. 그런 질문에 도착하기 싫어 억지로 다양한 방편들로 줄을 세웠다.

이렇게 행복하지요. 이렇게 불행할 이유도 특별나지 않겠지만, 행복과 과업에 몰두해서 행복한 것도 어리석은 도전이다. 박스에 가득가득 담겨 있는 옷가지들을 주섬주섬 꺼내서 펼쳐놓는다.

아이들이 중학교 다닐 때 입었던 옷이며, 긴 코트를 잘라 반바지로 만들어 입었던 18년 전쯤의 검은 바지까지 방바닥에 철버덕철버덕 떨어져 내리는 옷가지들. 차마 버리지 못했던 이야기들이 큰 대자로 시위하듯이 바닥을 베고 누워 버렸다.

참말로 심각하게 더위를 먹었나 보다. 시원하게 찬바람 불 때 버려도 좋을 것을 굳이 땀을 뻘뻘 흘리며 무장 공비를 찾듯이 샅샅이 수색해 내고는 누런 봉지에 마구잡이로 푹푹 쑤셔 넣는다. 꼭 오늘 다 찾아서 버려야겠다는 기세로 말이다.

벌써 세 봉지째 터질 듯이 눌러 채우고 나서 일을 마친다. 옷가지를 버린다고 더위 먹은 생각이 제자리에 쉬 돌아올 것 같지도 않은데, 그래도 기분은 조금은 시원해진다.

버려지고 비워진 공간 탓인지. 땀 흘린 궂은날 탓인지. 구질구질한 것들을 몽땅 쓸어 엎어버리고, 수도꼭지를 콱 비틀어서 싹싹 씻어버리겠다는 미친 광기를 지그시 누르며 정리 정돈으로 방향을 선회해서 마음을 다잡는다.

버리고 씻는다고 내 몫이 네 몫이 되는 일은 감히 천지개벽 전에는 없을 것임을 아는 마지막 잣대 하나가 유일하게 남아서, 선풍기처럼 더운 바람을 불어 내며 덜컹거리고 있다.

(2007. 8.)

가을로 가는 길목

깊은 밤, 시조 원고를 손보면서 그냥 밤을 지새우는 일이 참 좋다. 내 몫의 글도 아닌데 신경을 곤두세우며 한 글자 한 글자를 병균처럼 쬐려보는 일이 참 좋다. 아이들의 글을 고치고 다듬다 밤새 재봉틀을 돌리시며 한복을 짓던 은주 어머님의 고단한 어깨가 불현듯 떠올랐다.

어머니는 안녕하실까. 남편을 일찍 여의고 어린 여섯 남매를 키우기 위해 낮에는 큰 들에서 농사일을 하시고 밤에는 한복을 짓던 어머니.

어머니는 잠도 없었을까. 돌돌돌, 두 발로 돌리는 재봉틀 소리가 자장가처럼 정겨웠다. 몇 밤을 불면으로 지새운 날이면 무조건 달려가서 짭짤한 시래기 된장국에 내가 좋아한다고 고추장에 조물조물 버무린 가죽장아찌. 붉은 양념 콩나물무침에 김치 하나 올려놓고 여섯 숟가락이 춤을 추는 그 밥상을 비집고 들어가 앉았다.

따뜻한 정이 그리우면 달려가선 어머니 재봉틀 가까이 누워서 잠을 청하면 소록소록 꿈도 없이 다디단 잠을 잤다. 아랫배에 몰리는 요의를 참다 참다 일어나보면 여직도 재봉틀 앞에 앉아서 한 번씩 우리를 지켜보시던 어머니가 계셨다.

이 밤에 은주 어머니는 무얼 하실까. 잘 키웠던 둘째 딸 은주를 멀리 프랑스 수도원으로 보내고 딸처럼 키웠던 친구 녀석은 남이었던가 보다. 가뭄에 콩 나듯이 소식만 전해주니.

시끄러운 라디오조차 귀하던 그 시절. 어머니는 길고 긴 밤을 자식들이 영어단어 외우는 소리에 불끈불끈 힘을 내시고 당신 팔이 아픈지, 등이 굽어지는 줄도 모른 채 새벽을 맞곤 하셨다. 비좁은 방 안에서 어머니의 재봉틀에 서로 다가가려고 싸우는 일에는 내가 늘 일등이었다. 어린 동생들조차 양보해 준 그 자리, 어머니의 재봉틀 옆자리.

지난가을에는 조선간장을 떴다며 주셨고, 얇게 부친 부침개를 "네 생각나서 구워봤다."며 봉지, 봉지 싸 주셨다.

어머니는 외롭지 않으셨을까? 가을이 온 탓인지 밀물처럼 떠밀려온 외로움이 가시지 않는다. 다시 어머니 곁에 누워야겠다. 꿈도 없는 긴 잠을 자야겠다.

돌돌돌, 재봉틀 밟는 소리. "고마 불 끄고 자라. 오늘 공부는 고만치만 하고." 그 소리를 듣고 싶다. 내 몫으로만 세상을 보고, 내

눈높이만큼만 아는 것이 분명하다. 부끄럽고도 미안하게 그동안 은주 어머니가 내게 어떤 존재였던가. 잊고 살았다. 자식 키우며 살아내는 그 일이 힘들고 아파서란 핑계를 대고 따뜻하게 제대로 된 대접도 못 해 보고 지냈다. 오히려 어머니가 내 걱정을 지청구처럼 달고 사셨다.

"그 녀석은 잘 산다 카더나? 몸은 인자 안 아프고? 늘 비틀거리는 놈인데, 집안 살림은 누가 돌봐 줄꼬?"

어머니의 한숨 속에 남은 나는 언제나 옆자리를 욕심내던 철없던 둘째 딸 친구고 배 안 아프고 얻어온 새침 떠는 막내딸이다. 큰아들과 딸이 대학을 다니고 고등학교 중학교 가방이 머리맡에 셋씩이나 줄을 섰던. 그 가난한 살림 속에 슬그머니 찾아들어 똬리를 틀고 주인 행세를 하며 생떼를 쓰던 대학 1, 2학년. 어머니는 와르르 절벽을 향해 무너져 내리던 영혼의 어둠을 막아주는 마지막 보루였다. 온기 가득한 자궁이었다.

아이들 응모용 시조 정리도 끝나고 혼자서 주절대던 음악 방송도 신명을 다했는지 조금씩 잦아 들어간다. 밤이 푸른 새벽으로 기지개를 틀고 일어나 앉는다. 이명으로 울렁거리는 내 귀에는 찌르르, 찌르르 기계 소리가 요란하다. 아침이 다가오고 있다. 내게는 보고 싶은 어머니가 계신다.

어머니는 요즘도 재봉틀을 돌리실까? 열두 폭 청남색 치마에 꽃분홍 저고리 배래선은 날렵하게 잡아주고 꽃자주색 눈물 고름까지 맵시 나게 달아달라고 생떼라도 써볼까.

먼 그리움의 끝자락에는 늘 어머니가 계신다. 하얗게 눈 내리듯 삭아가는 어머니가 아직도 뜨겁게 계신다.

이제야 겨우 철이 들어가고 있다.

(2017. 9.)

목욕 중독

금요일부터 일요일까지 먼 여행의 피로를 씻으려고 마을 앞에 있는 24시 목욕탕엘 갔다. 가볍게 샤워로 몸을 헹구고 찬물에 풍덩 들어가서 하나, 둘, 셋 숫자를 세며 물장구를 치다가 다리를 높이 들고 뜀뛰기를 하다가 숨이 찰쯤 찬물에서 나와 습식 열탕 사우나 속으로 쏙 들어간다. 옆에 차가운 냉커피를 대령하고 머리엔 수건을 푹 둘러 감고 앉아서 멍하니 삼매에 빠진다. 어깨 위로 송골송골 땀방울이 맺히고 몸을 타고 주르르 흘러내리는 땀을 무심히 바라보는 것이 목욕탕의 道다.

앉은 자리가 푹 젖었다 싶으면 일어나서 다시 찬물로 들어가서 다리 흔들기 운동을 반복한다. 하루 종일 무거운 몸을 받쳐준 다리가 제일 고맙고 미안해서 다리 흔들기에 주력을 한다. 찬물 밖으로 나오면 이번에 42도 열탕 속에 목까지 잠기도록 들어가서 온몸을 훑고 지나가는 짜릿한 전율. 피가 통하는 느낌을 즐긴다. 퉁퉁 부어서 혈액순환이 어려운 다리에 스멀스멀 개미가 기어가듯 전기가 스쳐 가는 듯 기운이 전달되고 무겁던 다리가 조금은 편안해진다.

팔다리의 저림이 편안하게 가라앉을 정도로 담겨져 있다가 오랜만에 묵은 때를 밀기로 한다. 때를 밀지 않으면 때가 없다고 하는데 굳이 뽀드득뽀드득 맑은소리가 날 때까지 껍질을 민다. 바닥으로 뚝뚝 떨어져 앉는 때. 묵은 내 껍질을 바라보는 것이 즐거움[樂]이다.

사실은 스스로를 저렇게 과감하게 벗겨내고 싶음이다. 몸에 덮인 껍질을 때로 여기고 벗기듯이 내가 사는 세상의 칠흑 같은 어둠과 심연을 깨끗하게 벗겨내고 싶음이다.

사십 인생에서 구석구석 절절히 절은 땟자국을 벗기고 맑아질 수 있다면. 잊고 싶은 회색 기억들을 빡빡 문질러 하얗게 지울 수 있다면…. 이런 바램들로 자꾸 목욕탕엘 가게 된다.

목욕도 하나의 중독이다. 벗기고 벗겨도 때는 계속 나온다. 하얀 속살 아기처럼 투명한 마음은 언제 나오려는지 피부가 붉어지도록 문지르게 한다. 갓 태어난 아기처럼 벌겋게 붉어지면 좋겠다.

한 치의 오염도 없이 존재하고 싶다는 것, 목욕 병이다.

(2006. 9.)

맹장염과 바나나

"선생님, 용하가 배가 아프대요."

수영이가 달려와서 숨넘어가는 소리를 합니다.

"용하야. 많이 아프니? 양호실에 한 번 다녀와라."

아침부터 배가 아프다는 용하를 대수롭지 않게 생각하고 양호실로 보냈습니다. 수영이가 먼저 와서는 용하는 양호실에 앉아서 배를 따뜻하게 덥히는 중이라 합니다.

혹시 음식을 잘못 먹은 식중독인가? 용하는 양호실을 별 탈 없이 갔다 왔고 1교시 수업을 시작합니다. 학기 말이라 진도를 맞추기 위해 책을 읽고 있는데,

"선생님 용하가 또 배 아프대요."

가까이 다가가서 얼굴을 바라보니 얼마나 많이 아픈지 진땀을 흘리고 억지로 참고 있는 게 보여서 언제부터 아팠는지 물었다.

"아침부터요."

"양호실에도 다녀왔는데 계속 아프다면 집에 가야 해. 엄마 집에 계시니?"

"아니요. 그럼 아파도 집에 못 가는 거니?"

"엄마한테 전화하면 외할머니 오셔요."

"그래 빨리 전화해 보자."

핸드폰을 급하게 눌러보지만, 오늘따라 핸드폰은 당당하게 꺼져 있습니다. 드디어 당황한 조짐인 목소리가 높아지기 시작합니다.

"누구 핸드폰 가져온 친구 좀 빌려줘. 용하 빨리 병원에 보내야 해."

"제 것으로 하세요."

지연이가 재빨리 제 핸드폰을 들고나옵니다.

용하는 억지로 번호를 눌러줍니다. 빨리빨리 오세요. 많이 아픈가 봐요. 급하게 전화를 하고 용하의 옆에 수영이가 든든한 보디가드로 서고 용감한 여전사 4인방이 옆에서 가방을 들고 급히 학교 뒷문 앞으로 나갔습니다.

"용하야! 할머니 어디서 오시니?"

"옥봉동에서요."

"뭐라고!"

그럼 넉넉잡고 20분은 기다려야 하는데. 아이는 진땀을 흘리고 있다.

"일단 시원한 곳에 앉아봐. 수영아! 잘 지켜보고 있어. 양호 선생님 모셔와야겠다."

후다닥 양호실로 달려가서 아침에 들렀던 아이가 많이 아프다고, 아이들 손님 속에 푹 둘러싸인 바쁜 양호 선생님 손을 끌고 대문 밖까지 나갑니다.

"선생님 왜 길에 서 있어요."

"할머니 기다려요. 한 번 봐주세요. 별일 없을까요?"

양호 선생님은 눈을 아래위로 굴리시며 자세히 바라보다가 "별일 있겠어요. 복통일 거예요. 복통도 좀 아프니까 평소에 다니는 병원에 한 번 가보는 것이 좋겠지요."

내가 본 바로는 아무래도 맹장일 수도 있는데…. 전문가의 의견을 무시할 수 없고 작은 일이라면 참 다행이라 여기며 다시 전화해서 제발 빨리 좀 오시라고 독촉을 하고 기다리기 힘드니까 양호실로 자리를 옮겼습니다. 용감한 여전사는 뒷문에서 할머니를 기다렸다가 차를 태워주고 들어오겠다고 하고, 수영이는 보디가드로 계속 옆에 있기로 했습니다. 남겨진 아이들을 위해 양호 선생님께서 할머니께 인계하는 일을 맡기로 하고 교실로 올라왔습니다.

"선생님, 보내고 왔어요."

그렇게 아침 1교시에 일어난 일은 소동처럼 가라앉고, 3교시에는 누군가 장난으로 그랬는지 먹물을 복도에 흘려 당번이 나가서 비누로 닦았습니다. 4교시는 다른 반에서 음료수통을 통째 복도에 쏟아서 4층에서 1층까지 물벼락. 하루 종일 사건의 연속이었습니다. 병원에 간 용하는 까마득히 잊고 오후 청소까지 마치고 나서야 점심시간에 급식소에서 잠시 충전한 핸드폰으로 전화를 해 보니 맹장염이었답니다.

얼마나 아팠을까요? 아침에 소동을 피운 일이 그나마 도움이 됐네요. 옆에서 도와준 친구들도 고맙고 수술을 했으니 안심을 하고 퇴근을 했습니다. 다음날 학기 말 마지막 공문 정리로 하루가 정신없이 지나가고 시조 교실에 사용할 자료까지 만들고 나니 퇴근 시간이 훨씬 지나 있습니다.

오늘은 운동하지 말고 용하를 보러 가기로 했습니다. 석갑산 산책을 접고 용하가 입원한 병원까지 산책을 겸해서 다녀오기로 하고 가벼운 운동복에 운동화를 신고 출발. 병원에서 본 용하는 링거를 주렁주렁 달고 하루 사이에 핼쑥해졌습니다. 맹장이 터졌다는 이야기에 큰일 날 뻔했구나 싶었습니다. 용하의 외할머니는 강원도 옥수수를 따끈따끈하게 삶아 오셔서 누워 있는 용하에게 선뜻 권합니다.

"안 돼요, 할머니."

"왜 안 돼. 못 씹으면 내가 입으로 꼭꼭 씹어서 먹여줄까?"

정 많으신 할머니는 용하가 아직도 애기로 보이시나 봅니다. 용하 할머니가 삶아 온 옥수수를 보자 내가 맹장염으로 누웠던 중1 그 시간으로 생각의 필름이 빙그르르 돌아갑니다.

낮부터 배가 아프다고 집안일에 바쁜 엄마 뒤를 졸졸 따라다니며 말해도 엄마는 들은 척도 않았습니다.

"왜 또 먹기 싫은 음식이라도 밥상 위에 나타났니?"

음식 가리기 선수인 내가 먹기 싫어서 엄살 부리는 것으로 치부하며 안면몰수하고 냉정하십니다. 이번엔 할머니 옆에 앉아서 끙끙 앓습니다.

"우리 새끼 어데가 아파. 할매 손은 약손 쪼매 있으면 낫는다." 하시며 배를 살살 문질러 주십니다. 그 순간만큼은 정말 하나도 안 아픕니다. 할머니가 문질러 주어도 아픈 배는 밤이 깊을수록 심해지고 끙끙 앓는 소리를 죽여 가며 밤을 꼬박 새워도 통증이 가시기는커녕 참기가 힘들었습니다.

"배 아파도 학교는 갈 수 있지?"

엄마는 잠도 못 자고 아픈 딸 앞에서 학교 타령이십니다. 더 이상 힘이 없어서 말도 하기 어렵습니다.

"못 가요. 제발 병원 좀 가요."

그 시절엔 작은 복통이면 집에서 소화제 먹는 일이 다반사고 배 아프다고 쪼르르 병원 가는 일은 없었으니 학교까지 안 가고 병원을 가겠다고 떼를 쓰는 딸의 말에 그제야 심각해지십니다.

"진짜로 배가 아픈 거야?"

억울하고 아파서 닭똥 같은 눈물만 흘리며 택시를 타고 부랴부랴 종합병원으로 갔습니다. 아니 아줌마 왜 애를 인제 데려와요? 오전 9시면 일찍 왔잖아요. 집안일을 가득 던져두고 오신 엄마는 당당하게 소리칩니다. 무슨 소리 하시는 겁니까? 맹장이 터졌는데, 집에서 얼마나 아팠겠어요.

"예? 그럼 어떻게 되는데요?"

갑자기 엄마는 휘청거립니다. 병원 근처에도 갈 일이 없는 집안에서 맹장이 터져 복막염이 됐다니….

"이대로 며칠 갔으면 애가 죽어요."

병원장님은 확실한 협박을 합니다.

그렇게 시작한 병원 생활의 최대 설움은 바나나입니다. 병원에 입원했다는 소식에 막내 고모부가 커다란 바나나를 두 손이나 사 온 사건이 생긴 겁니다. 그때 바나나의 가치를 지금은 제대로 전달하기 어렵습니다. 오직 수입에만 의존한 과일로 한 손이 아니라 한 개씩 낱개로 팔던 시절, 한 개의 가격이 천 원쯤 되려나. 사과 한 바구니 10개를 천 원이라 했다면 사과와 바나나의 가치는 지금은 역전되었습니다.

학급에서 바나나 맛을 본 친구는 열 손가락 안에도 안 드는데 드디어 내가 맛을 보고 자랑을 해야지. 동생이랑 친척들의 바나나를 향한 관심은 자못 뜨거웠고 노란 껍질을 용감하게 벗겨내며 부드럽고 살살 녹는 바나나를 먹습니다.

"아우 맛있네. 돈값은 하네."

바나나를 향한 예찬은 끝이 없고 수북이 쌓여 있던 바나나는 점점 줄어듭니다.

"넌 먹을 수 없지. 참 안됐다. 우리가 먹는 걸 구경이나 잘해라. 오늘 원님 덕분에 나팔 분다."

그래도 엄마는 하나쯤은 살짝 잘라서 숨겨 놓을 줄 알았는데, 가족들이 우르르 몰려나가고 텅 빈 과일바구니엔 바나나껍질만 소복소복 쌓였습니다. 정말 먹고 싶은 바나나였는데.

다음에 사 준다는 약속 한마디 없이 바나나 사건은 침만 흘리다 끝났고, 홀로 남은 병실에서 바나나 한 개 때문에 목 놓아 울었던 그런 시간이 있었습니다.

(2008. 7.)

망각

선달그믐날의 촉석루는 짙은 어둠에 묻혀있다. 간간이 보이던 겨울 산책객들도 명절을 앞두고는 손님맞이로 밤을 보내는지 촉석루는 인적이 없이 홀로 짙어가는 어둠에 묻혀 새날을 기다리고 있다. 북장대의 누각 너머로 도심의 불빛들이 반짝이고 고향 귀성객의 긴 행렬도 멈춘 도로는 한적하게 어둠에 묻혔다. 늘 휘황찬란하게 빛을 내뿜던 이마트의 불빛마저 유달리 어둡고 축축하게 가라앉아 어서 새날이 다가오길 기다린다.

새날이 무엇인지. 새롭게 음식을 준비하고, 새롭게 옷을 챙기고 구석구석 청소를 하고 긴 낮과 밤을 달려서 고향으로 달려가고. 새날엔 무엇이 기다리는지. 촉석루는 구체적 이유도 모르는 채 저 혼자 기다림에 길게 목을 빼고는 설렘으로 더욱 환하게 피어난다.

촉석루만이 누릴 고요를 흔들어 놓은 건 아닌지, 혼자 걷는 내 몫의 발걸음은 자못 당혹스럽고 조심스럽다.

우리 몸에는 忘이라는 급소가 있다고 일본인 작가 '아사다 지로'는 말한다. 잊으려 해도 잊을 수 없는 것들이 머리를 타고 흘러내려 와 왼쪽 겨드랑이 밑에 모여 忘이 된다고 한다.

"결국 잊으려 해도 잊을 수 없다는 건 자신이 잊으려 하지 않는 것과 마찬가지지요."

아사다 지로는 사랑과 미움을 망각할 수 없어서 고통스러워하는 인간 군상이 가진 忘이란 질병을 우수에 젖은 수채화로 표현해 냈다. 올해의 마지막 날 긴 성곽을 따라 휘적휘적 걸으면서 아직도 망각할 준비가 되어 있지 않은 많은 감성과 덜컥 만나버렸다.

아직은 아니라고 격렬하게 주장한다. 다시 생살을 가르는 어리석은 짓은 하지 말라 한다. 천천히 남북으로 흘러가는 강물처럼 기다리라 한다. 흐리게 가라앉으며 짙어가는 어둠과 고요 속에 묻혀버린 도시와 성곽을 바라보듯이 어두운 밤이 지나야 더 밝은 날을 볼 수 있다고 한다.

그해의 마지막 날이 기다리는 것은 몇 시간 후면 다가올 새로운 여명이다. 다른 날과 조금도 다를 것이 없는 여명이다. 어쩌면 우리가 기다리는 것은 이토록 평범하고 범상한 일, 너무도 익숙해서 이미 식상해진 일상들이 아닐는지.

사랑해서 잊을 수 없다고 한다. 사랑해서 놓을 수 없다고 한다. 사랑해서 가질 수 없다고 한다. 사랑해서 미움이 되고 사랑해서 증

오가 되고 사랑해서 忘으로 맺혀 왼쪽 겨드랑이 밑에 동그랗게 엉겨 붙어 결코 밖으로는 소문낼 수 없는 혼자만의 통증이 된다. 아사다 지로는 잊으라고 처방을 내려준다.

"그건 굴레야 굴레, 알겠느냐."

"사람은 영원히 살지 못한다. 극락왕생하고 부처님이 부르실 때까지 그저 열심히 살면 되는 거야. 원망이나 한은 저 흘러가는 강물에 띄워 보내라. 은혜니 사랑이니 하는 것들을 가슴에 새기며 살아간다는 말은 인생을 얕보는 사람들이 하는 흰소리야. 사람은 누구나 갓난아기처럼 조심스럽게 한 걸음씩 내딛는 거란다. 그 한 걸음 한 걸음이 바로 인생이지."

모든 것을 잊어야 한다. 미움도 원망도 사랑도 동정하는 마음도 심지어는 따스한 온기까지. 지로는 촉촉이 침묵에 젖어가는 섣달 그믐밤 또한 굴레이니 벗으라 한다.

밤새워 촉석루를 산책하면서 새날의 여명을 맞는 건 또 어떨까. 그러면 아쉬움 없고 그리움 없는 현실을 만나게 될까. 결코 사라질 것 같지 않은 아픔에서 자유로울 망각이란 치유의 순간을 맞이할까?

촉석루 산책은 설익은 기대와 잡은 손을 놓을 수 없다는 집착이 부끄러워 손끝이 시릴 만큼 차갑고 냉랭하게 끝난다.

무자년 새해의 여명은 또 그렇게 집착의 새로운 모습이다.

(辛亥年 섣달 그믐밤에)

둠벙

둠벙, 혹은 툼벙은 작은 연못 정도의 의미다. 논이나 밭의 한 귀퉁이에 있는 습지라 생각하면 자신이 보아온 작은 둠벙을 쉽게 그려볼 수 있을 것이다. 내 기억 속에 남은 둠벙은 논이나 밭에서 보아온 것이 아니라, 바닷가 바위 위에 생긴 자연 연못이 둠벙으로 떠오른다. 밀물 때 밀려들어온 작은 고기들과 말미잘, 따개비 고동까지 잘 갖춰진 수족관이다.

갑자기 일이 어려워지면 둠벙에 빠졌다고들 한다. 이상한 나라의 앨리스가 달려가는 토끼를 쫓아 구멍 속으로 떨어지듯이 말이다. 사실 제 몫의 둠벙들은 쉽게 노출되지 않지만, 아주 작은 일에도 파르르 떨며 불쑥 진면목을 보여줄 때가 있다. 꼭 그런 때가 있다. 일본 열도에 화산이 솟는 것처럼 준비된 것들이 갑자기 폭발하는 순간이 있다. 오늘이 그런 날인가 보다.

신문을 오려서 던져두는 것이 남편의 유일한 취미 활동이다. 아침부터 부지런히 돋보기까지 대령해서 신문을 읽다가 조금이라도 관심 있는 뉴스거리가 있으면 그 신문 자체를 한쪽으로 휙 던져둔다. 1차 선별이다. 선별된 신문지로 방안을 가득 채우다, 가족들의 쓰레기 타령이 못 견딜 만큼 강렬해지면 슬그머니 가위를 든다.

이 뉴스는 중요해서, 저 뉴스는 재미있어서. 그만의 원칙과 각을 지키며 오려진 작은 신문 조각들은 크기가 작다 보니 여기저기 마른 낙엽처럼 날아다닌다. 방안 가득 쌓다가, 책꽂이나 책갈피마다 끼워 넣어둔 남편의 방은 티베트고원의 돌탑에 매달린 오색 깃발처럼 작은 종잇조각들이 바람에 출렁인다. 자신만의 소리를 밤새워 춤으로 알려주고 있다.

오릴 때의 상황은 언제나 다시 보고 싶은 뉴스거리였을지 몰라도 오려서 한쪽 귀퉁이에 툭 던져진 이후로는 다시는 찾을 일 없는 작은 종잇조각들. 누렇게 바래가는 긴 시간 동안 먼지를 삼키는 일이 유일한 과업이다. 집안 여기저기 불쑥불쑥 솟아나는 종이 더미에 슬그머니 화가 치밀어 남편의 신문 조각 중에서 아주 작은 부분을 쓰레기통에 던져버린 것이 어제 저녁나절이다.

쿵쿵 쿵, 문 두들기는 소리가 나더니, "내 신문 조각 어디 갔어? 10년을 모은 거야." 그 노란 뭉치들이 10년을 먼지를 쓰고 앉아, 이제나저제나 주인의 호출을 기다렸다는 소리다. "왜! 남의 물건을 버려. 왜! 날 무시하는 거야." 남편은 누런 쓰레기로 삭아가는 신문 쪼가리에서 자신을 찾았나 보다. "너무 충격적이어서 말을 못하겠어." 부들부들 떨며 의자에 털썩 주저앉는다.

사실 지난 10년 동안, 방 어디쯤에서 종이 산을 이루며 마냥 기다리는 상황극을 연출하는 것 말고. 어떤 임무를 수행한다는 흔적을 그들 속에서 본 적이 없었다. 10년, 다시 10년 낡은 신문 조각들은 누렇게 변색을 하다 또르르 말려 글자조차 희미해지는 상황에 처한 것 말고 어떤 역할이 있었나 보다. 무형으로 쌓은 정적인 지식의 의지 처. 꼭 남기고 싶은 중요한 상아탑의 흔적이었나 보다.

그의 분노는 자신을 인정하지 못한다는 사실이다. 10년이고 20년이고 시간과 무관하게 다시 본다는 기약이 없어도 그들의 존재를 허용해 달라는 거다. 남편이 간과한 것은 그놈의 신문은 지난 20년간 매일 발생하고, 집은 20년 동안 단 한 번도 늘어나지 않았다는 사실이다.

더 이상 쌓을 곳도 찾기 어렵다는 현실을 받아들이지 않고 현재 진행형으로 집을 종이 쓰레기들로 차곡차곡 채워가는 거다. 사람들과의 관계는 쉽게 버릴 수 있고 가족들 간의 소통이 어려워도 뉴스 조각들은 버릴 수 없다고 주장하는 남편. 그의 둠벙은 지식의 집착, 사실은 더 이상 의미를 상실한 소식들의 조각을 저장하는 일이다. 이미 지나가 버린 이야기들의 저장에 집착하는 모습이 그의 둠벙이다.

존재의 의미를 잃고 낡아가는 조각들에서 자신을 찾고 매달리며, 낡아가는 먼 이야기들과의 관계를 현실로 보고 새로운 사실들은 전혀 만나고 싶어 하지 않는다. 이것이 남편의 현주소이고, 빠져서 헤어 나오지 못하는 둠벙이다. 고개를 숙이며 망연자실해 하는 남편을 보며 나의 둠벙은 무엇일까. 너의 둠벙은 저토록 확연히 바라보이는데, 나의 둠벙은 무엇일까?

누구는 돈이 둠벙이고, 누구는 사랑이 둠벙이고, 또 누구는 권력이 둠벙이다. 빠져서 쉽게 자신을 찾지 못 하게 하는 둠벙에서 어서 나오라고 말해도 남편은 들은 척을 않는다. 세상과의 소통을 닫고 자신 속으로 꼭꼭 숨어들어 사라진 조각들을 연신 아쉬워한다.

둠벙 속에 담긴 着의 고통을 본다. 왜! 이렇게 중요한 나를 낡은 종잇조각들 사이에 담아두는가. 나의 가치가 저렇게 누워있는 쓰레기 정도인가.

남편의 고착을 보면서 내가 고착한 것들이 우수수 쏟아져 내리는 것을 본다. 누구보다도 사랑받고 사랑하며 살고 싶었다. 돈을 많이 쓰고 싶었다. 특히 자식을 제대로 기르고 싶다는 지나친 열기는 화르르, 화르르 오랜 시간 날 태우는 고체연료가 되었다.

세상은 인연의 법칙을 달고 순차 진행하는 중이고, 나는 변칙을 일삼으며 열심히 역행하고 있다.

아! 그렇게 힘들여 배우고 있다. 고통의 힘을….　　　(2013. 5)

대출하는 날

병원에 가면 별다른 이상이 없어도 어깨가 꾹꾹 결리는 것 같고 명치끝이 답답해지면서 현기증이 일어난다. 하얀 가운을 입은 의사의 바싹 마른 입매만 바라보면 당신의 어느 부위는 심각한 상태이군요. 라고 금방이라도 서릿발 같은 치병 사실들을 주르륵 쏟아 놓을 것 같아 연신 불안해진다.

대출하려고 조퇴하고 은행에 들어서면 은행 돈 모두가 내 돈도 아니고 은행에 저축용 통장 하나를 만들지 못했으면서도 괜히 두 근두근 울렁증이 나온다. 대출해야겠다고 결심한 날 이후로 가슴에 큰 바위 하나를 며칠째 얹어놓았다.

당신의 신용도는 낮군요. 당신은 앞선 대출이 너무 많아서 지금은 대출할 자격이 없어요. 은행 돈이 내 돈도 아니라면서 은행 창구에 와서 돈을 달라고 무리하게 떼를 쓰는 것 같아 가슴에 얹힌 돌이 시간이 갈수록 무거워진다.

서류를 준비해서 번호표를 꾹 눌러 17번. 상담 순서를 기다리는 지루하고 초조한 시간 동안 사각사각 마음이 안으로 타들어 가는 소리가 들린다. 얼굴로 열이 몰려올라 붉어지기 시작한다.

당신은 왜 그리도 경제 관념이 없소.

창구 어디선가 날카로운 목소리로 내 삶의 정체성을 두들겨 팰 것 같아 연방 주변을 두리번거리며 핑곗거리를 찾는다. TV 화면 속에 나타난 설원의 흰 늑대 뒤를 쫓다가 작은 아기의 칭얼거림을 듣다가. 창밖에서 삐뽀삐뽀 119 구급대가 지나가는 소리를 쫓다가 기다리는 시각은 오뉴월의 마른 햇살 다발처럼 바짝바짝 빈 가슴을 태운다.

"왜 그런 인생을 살았소. 왜 그리 자식 욕심이 많았소."

50년을 지탱해 온 무게가 은행 창구 앞에 서면 줄어들기 시작한다. 자꾸만 자꾸만 줄어들다가 한 점 벽에 붙은 풍선껌 딱지만 해진다. 아래층 로비에서는 손님을 찾는 종이 땡땡 가볍게 울리는데, 위층 대여 창구의 지루한 침묵은 흐린 어항 속 금붕어가 마냥 저 혼자 뻐끔거린다.

아, 기다리는 시간을 꾹 눌러 버리고 얼른 자리를 털고 일어나 가방을 들고 문밖으로 달아나고 싶다. 나는 아무것도 필요 없습니다. 나는 이 은행에서 필요한 것이 없습니다. 그런 용기조차 말라 버리고 로비의 딱딱한 의자에 한 시간째 앉아 억지로 도살장에 끌려온 소처럼 후들후들 떨고 있다.

남의 돈을 빌려서 뭘 하자는 것인지. 하루가 편해지면 한 달이 편해지고 십 년이 편안해질 것인지.

아무리 방어산 지지대까지 만들며 버티어도 삶의 대차대조표는 언제나 마이너스 상태로 추락한 50년을 조금은 가볍게 살게 해 준다면. 지루하게 기다리고 있는 농협 2층 여신 창구는 희망의 출구이다. 몇 시간, 몇 날, 몇 달의 미래가 아닌 바로 지금 내가 찾고 싶은 희망의 출구이다.

침침한 표정으로 무겁게 걸어 들어와 엉덩이를 반만 걸치고 지루한 눈빛으로 창구를 바라보다가 그것도 지겨워지면 바닥을 본다. 상대의 눈빛을 보며 마주 싱긋 웃어주며 당신 대출하는 인생이군. 이렇게 인사하는 것도 겸연쩍은 일이라 흰 타일 바닥을 향해 수직으로 눈을 꽂는다.

농협 창구의 하얀 도자기형 타일은 질서 정연하고 깔끔하게 놓여있다. 내 삶에도 은행 창구 앞의 타일처럼 정돈된 밝음이 언제 있었던가. 대낮임에도 환하게 형광등을 켜고 하얀 와이셔츠 자락을 걷어 올려붙인 청량한 얼굴의 농협 창구 직원의 옷깃처럼 깔끔한 정돈의 시각이 있었던가.

한 건, 한 건 상담이 요구하는 시간은 직접 창구에 앉은 시간과 구경하는 타인의 시간과는 전혀 별개의 것인지 상담 시간은 엿가락처럼 축축 늘여져 있다.

드디어 창구 호출이다. 제자리를 못 잡고 후들거리는 다리를 끌고 창구 앞에 앉으니, "기존 대출이 있으시네요. 왜 이리 카드를 많이 쓰셨어요. 신용도가 하락합니다." 인생의 質이 점점 저하되고 있다고 차근차근 설명해 준다. "카드보다는 은행 창구를 이용하는 것이 더 유리합니다."

잘 알고 있는데, 그러나 손쉬운 것이 카드이고 언제나 달려갈 수 있는 것이 카드를 들고 결제하는 일이란 걸 은행 창구 직원은 모를까? 검사 앞에 앉은 죄수처럼 고개가 숙여진다. 대출 인생을 살자면 좀은 뻔뻔해져야 하는데, 별다른 충고도 아닌 것에 줄이 길게 쭉 그어진다.

두 시간이 소요되고 겨우 일천만 원을 대출했다. 창구 직원의 충고대로 한 달 한 달 목을 죄며 결제를 요구하는 카드를 해결하기 위해서다. 월급봉투의 금액보다 카드로 결제할 금액이 더 많은 상태에서 벗어나 보기 위해서다. 카드 이자만 챙겨도 농협 대출 이자가 나오는데, 참 미련한 선택이지만 겨우 지금하고 있다.

벌벌 떨며 대출한 일천만 원으로 카드 세 개를 해결했다. 아직도 카드 두 개가 더 남았으니, 해결이란 것이 멀고도 먼 길이다. 은행을 벗어나면서 가슴에 얹힌 돌이 주르르 흘러내리고 상기된 붉은 얼굴이 누렇게 제 색을 찾아간다. 내가 대체 무슨 짓을 한 것일까?

(2011. 4.)

2부

말 무덤

겨울옷을 버리다

며칠 눈바람을 싣고 찌푸린 얼굴로 뼈마디 마디를 아리게 하던 날씨가 갑자기 구름도 저만치 걷어두고 환하게 빛무리를 쏘아댄다.

햇살, 참 반갑다.

마당 한 모퉁이를 지키고 선 바람개비가 빙그르르 돌고 봄은 도둑고양이처럼 가볍게 기척도 없이 다가와선 누렇게 말라버린 화분 위에 앉아 끄덕거린다. 봄빛의 분수 속에 앉아 집안을 구석구석 살펴보니 층층이 쌓아 올린 잡지 책, 무겁게 매달린 겨울 외투, 누렇게 찌든 컵들이 아주 밉상이다.

저 옷은 언제 샀지? 되짚어 보니 10년이 지난 옷이다. 언제였는지 때깔 나는 옷을 구입한 기억이 없다. 그저 쇼윈도에 걸린 멋진 옷들을 눈으로 쓱쓱 도장을 찍고 그해의 유행을 그냥 꿀꺽꿀꺽 안으로 삼켜버렸다.

옷장과 정리 상자를 꽉 채운 옷들은 20년도 더 지나 지금의 유행과는 전혀 다르다. 철이 바뀌면 옷장에 걸렸다가 정리 상자 속으로 집을 바꾸는 일을 할 뿐이지. 정작 올해는 한 번도 꺼내 입은 기억이 없는 옷들이다.

걸려있는 겨울옷들을 주섬주섬 걷어 내린다. 어깨 부분에 뿌연 먼지가 앉아 있고 옷걸이 모양대로 해풍에 잘 마른오징어처럼 비틀려 있다. 하나, 둘 가을 단풍처럼 내려와 앉은 옷들이 수북이 쌓여 간다.

여기까지만 같이 가는 거다. 그동안 새 옷을 사는 일은 사치이고 자식들의 미래를 갉아먹는 허영이다. 그렇게 스스로에게 주문을 걸어두었다. 새 옷을 사자. 올해부터는 새 옷을 사는 것은 희망이다, 라고 주문을 바꾼다.

장소나 분위기에 맞지도 않는 가격으로만 결정된 옷은 에너지의 낭비, 스스로를 충분히 만족시킬 옷들을 사 보자는 구호를 만든다. 200리터 재활용 봉투를 꾹꾹 눌러 두 장 가득 채우고 겨울옷 정리를 마쳤다.

아직도 옷장에 걸린 옷 중 절반쯤은 정리 대상으로 꼬리표를 달아 놓았다. 아이들이 학교에 다닐 무렵 돈을 주고 물건을 제대로 산 것이 있다면 아이들 몫이거나 생필품이었다. 가져도 되고 없어도 그만이라면 구매 욕구는 과감하게 삭제. 찌그러진 냄비, 누렇게 바랜 머그잔 집기들을 하나씩 버리면서 10년의 흔적을 본다.

간단하게 살았다. 조용하게 분별없이 살았다. 필요해요. 그것이 갖고 싶어요. 그렇게 요구하는 모든 생각들은 무조건 안 돼, 다음에 하시오. 새로운 것을 살 수 없으니 가진 것을 버릴 수도 없다. 라고 한다면, 물건을 산다는 것은 버린다는 것과 같은 맥락이다.

새것을 살 형편은 못 되니 시간의 얼룩이 여기저기 좀이 슨 것들이라도 혹시 필요하면, 이라는 염려로 지금까지 공간을 채운 것들을 바라보는 일. 그조차도 갑자기 불쾌해진다.

물건이 꼭 필요해서가 아니라 필요하지 않을까, 라는 걱정에 매달려온 셈이다. 새로운 것들을 갖고 싶다는 욕망이 집안 가득 쓰레기로 남았나 보다. 세월의 기억들이 곰팡이와 진드기를 청해놓고 먼지와 거미줄을 벗하며 결핍의 어둠 속에 웅크리고 앉았던가 보다.

가난한 존재감이 봄 햇살 아래 적나라한 민낯을 보인다. 쓰레기는 버리자. 꼭꼭 닫혀있는 마음의 빗장을 열고 해묵은 열망을 비우자. 올봄에는 시간의 창고를 열고 아쉬움 없이 어둠을 버려봐야겠다.

금빛 햇살의 손을 잡고 요한 스트라우스의 왈츠 곡에 맞춰 빙글빙글 춤을 추며 창고 안을 헤집고 다니고 싶다.

결혼하겠다고!

"엄마 내일 나주 갈 것 같아요. 오빠 할머니 댁에 인사 갈 거예요."

큰딸이 오랜만에 밝은 목소리로 전화를 했다. 2년을 사귀고 있는 남자 친구가 아무래도 마음에 쏙 드나보다. 지금까지 결혼이야 세상에서 가장 늦게 찾아봐도 될 일. 심심하면 한 번 생각해 볼 일로 알고 공부만 하던 딸의 달라진 모습이다.

"그래 잘 다녀와라."

딸은 마음에 드는 사람이 있는 그때가 결혼의 적기라며 부쩍 관심을 내보인다. 결혼이라고! 철없는 아이로만 여겼는데 결혼하겠다고….

봄철이라 예식장에 봉투를 들고 서 있었던 기억은 많지만, 정작 내가 그 자리에 혼주로 서 있어야 한다는 사실에 지축이 살짝 비틀거린다. 아직도 누구의 장모가 되고 누구의 사돈이 될 만큼 나이가 많지 않은데….

남이 배 아파서 낳은 건장한 아들을 내 자식으로 삼고 잘 키울 만큼 성숙한 어른이 아닌데. 아직도 길 가다 멋진 청년을 보면 나도 몰래 얼굴이 붉어지고 쿵쾅쿵쾅 음악 소리가 나면 어깨를 들썩이며 줄줄 따라가고 싶은데….

오류가 없는 판단이나 근엄한 신뢰와는 전혀 무관한 소소한 일상에서 탈출을 꿈꾸고 여행을 즐기는 쉰 세대일진대 무슨 재주로 장모님이 되고 사돈이 될 수 있는지. 이것이 신이 준 선물인지.

너 아직도 멀었어. 자식보다도 철없는 여자야. 하시지는 않을는지 당황스럽다. 딸의 결혼 이야기는 놀라움으로 지금까지의 당당한 자세를 마구 흔들어 놓는다.

왜 결혼을 하려고 하지? 공부를 더 하면 좋을 텐데. 아무리 생각해도 용량 부족인 엄마인데, 어떻게 하면 장모가 될 수 있는지 누가 속 시원하게 가르쳐 주면 좋겠다.

사위를 위해서 씨암탉의 목을 단숨에 확 비틀어서 도마 위에 놓고 탕탕 미련 없이 일도양단一刀兩斷 할 수 있는 용기. 사위 앞에서 세상을 옳게만 살았고 앞으로도 바른말만 골라 하겠다는 믿음이나, 사돈 앞에 앉아 우리 딸은 참 예쁘고 귀하니 당신도 예쁘고 귀한 보석처럼 바라봐 주시오, 라고 말할 수 있는 자신감이 없다.

아직도 그런 용기나 자신감, 스스로에 대한 믿음은 자라지 못했다. 딸의 결혼은 지금껏 보내온 시간들을 마구 뒤집어엎는 뜨거운 혼란이다.

미대와 음대를 연년생으로 나란히 입학시키려고 초등학교 시절부터 레슨이다 대회다 부산하게 뒤를 따라다녔다. 악기며 입시학원 수강으로 내 키와 능력으로는 도저히 엄두도 나지 않는 일을 수행하느라 담쟁이덩굴처럼 까치발로 서서 하늘을 향해 손끝까지 쭉쭉 뻗으며 현실을 밀어 올렸다.

아이가 대학원을 졸업한 뒤에는 나 자신이 좋아하는 일을 찾아서 먼저 직장을 선택하고 공부한다고 뒤로 밀쳐두었던 필생의 화두거리들을 찾아 나서는 것이 순리거니 했다. 이국땅으로 여행도 가보고 멋진 프로젝트에 도전하고 예쁜 옷가지에 마음도 빼앗겨보는 날들, 그런 평범한 일상들이 찾아오는 줄 알았는데….

"올겨울엔 상견례를 하자고 하세요."

딸의 목소리는 봄날 아침처럼 맑고 종달새처럼 가볍다. 노래하듯 즐겁게 소식을 전하는 딸이 갑자기 참 얄밉게 느껴진다. 20년을 같이 산 엄마, 아빠보다 오빠라고 부르는 남자 친구가 더 좋은가 보다. 27년 전 우리 부모님 마음도 이러셨을까. 신선한 믿음이 황망하게 부서지는 순간을 만나셨을까.

딸을 데리고 다니면서 하고 싶었던 것들이 너무 많아서 섭섭하다. 딸은 그것을 남자 친구랑 하고 싶다는 것인데 질투만 하는 못

난 엄마가 된 것 같아서 가슴이 답답하고 명치끝이 아릿해진다.

부모가 되어간다는 것, 시간의 흐름, 경험의 흔적이 연륜이다. 큰딸을 통해 자식과 부모로 이별하는 연습을 시작한다. 잘 키운 남의 자식을 배 아파 낳은 자식만큼 사랑하는 일을 배우는 시간이 다가오고 있다. 두려움 없이 그를 담뿍 받아 안는 것이 어렵겠지만, 그래도 용기를 내려 한다.

어머니, 어머니. 목소리가 참 굵고 신선해서 길쭉하게 뻗어 올린 키로 내 딸의 가녀린 두 다리를 잘 버티고 잡아줄 것이란 믿음이 생생해서….

(2012. 5.)

한복 입는 날

　한복은 제 생활의 일부분이며 바깥세상으로 드러난 표현 방식입니다. 예쁜 한복만 보면 정신없이 바라보거나 만져보고 싶고, 곱게 입고 싶다고 생각합니다. 몇 번이고 유리창 너머에 걸린 한복을 구경하러 다니기도 하고, 그렇게 목을 빼고 기다리다가 일 년쯤 지나서 결국은 그 옷을 사서 입고 다니기도 하고….

　한복을 입고 다닌다고 주변에서 은근슬쩍 눈치를 주건만 전혀 깨달을 생각조차 없으니 한복에 관한 관심은 가히 집착의 정도입니다. 40대를 넘기면서 해마다 한 벌 정도의 한복은 준비해 온 것 같습니다.

　이유나 목적은 조금씩 다르지만, 결국은 주변에서 보통 양장을 선택해서 해마다 철 따라 유행에 맞춰 옷을 사는 것과 같은 맥락으로 한복을 구입합니다. 주로 명절날에 입는 한복을 철 따라 바꿔 입고 행사 때마다 갖춰 입으며 다니는 것을 옷 입는 즐거움이라 생각합니다.

멋지게 살기 위해서 기분이 밝아지기 위해서 기도에 어울리기 위해서, 라는 이유를 들어 한복을 구입합니다. 작년에는 어린이 시조 시인 전국 대회 시상식에 입으려고 붉은 보랏빛 저고리에 어두운 밤색 치마를 샀습니다.

10월 행사라 봄가을에 입을 수 있도록 가볍고 우아한 인조 비단의 질감을 가진 옷이었습니다. 중앙통 지하상가에 걸린 한복을 보고 네 번이나 찾아가서 어렵게 산 옷입니다. 유명 메이커의 옷값만큼 할까 만은 가난한 서민의 주머니 사정으로는 효율성이 떨어지는 한복 구입은 쉽게 이루기 어려운 꿈입니다.

올 초에 문인협회에 가입하고 문턱거리로 작품을 발표하는 날 염색 한복을 단정히 차려입은 수필가 선배를 만났습니다. 그분의 수필처럼 고운 황톳빛 계량 한복을 입고 오셨고, 저야 당연히 은빛 저고리에 짙은 남색 치마를 입고 갔었습니다. 선배를 바라보는 순간 눈이 번쩍이고 온몸엔 전율이 일었습니다.

'아! 나랑 같은 느낌을 즐기며 살아가고 있는 이웃이 있구나.' 그것도 글을 쓰는 선배란 사실에 무척 설렜습니다. 선배님의 권유로 올해의 한복은 쪽빛으로 염색한 원피스형 한복으로 결정했습니다. 올이 숭숭 드러난 거친 바탕의 비단에 저물어가는 저녁 하늘을 꼭 닮은 쪽빛으로 시원하게 물들인 한복을 새로운 벗으로 맞이했습니다.

긴 치마를 치렁거리며 학교에 입고 가서 아이들에게도 선보이고 이곳저곳 학원에도 입고 다니고, 산들바람처럼 시원한 초여름 한복을 자랑삼아 미리부터 입고 다닙니다. 염색을 한 옷이다 보니 구김이 잘 가지 않아서 가방 속에 적당히 구겨 넣고도 바깥에 펼쳐만 놓으면 저절로 주름살이 펴져서 오래 입어도 구김이나 다림질 걱정은 덜었습니다.

우리 인생의 자잘한 걱정들도 천연염색 천처럼 바깥에 내다 걸어놓으면 저 스스로 바람을 일으키고 열을 내서 편안하게 주름살을 펴 주면 참 좋겠습니다. 심하게 구겨져서 오래 가슴앓이할 낡은 기억일랑은 아예 없었을 텐데….

쪽빛 한복을 입고 길을 걸으면 시린 가슴속으로 쪽빛 바다가 짭짤한 갯내음과 함께 주르르 밀려들어 옵니다. 멀리서 계곡을 훑고 지나가는 솔바람 소리, 자갈돌을 굴려 가는 거제도 몽돌 해안의 파도 소리가 사그락사그락 온종일 따라옵니다.

머리카락을 곧게 가르마 타는 일이 생각보다 어렵습니다. 한 올의 머리카락이라도 흔들리면 가르마가 한쪽으로 치우칩니다. 한복에 어울리는 머리 모양을 만드는 일은 정성이고 한복을 위한 예찬입니다. 자분자분 머릿기름을 바르고 머릿결을 매만지면 거울 가득히 옛 그림 속의 여인이 나와 앉았습니다. 눈초리가 새침한 여인의 귀밑머리에 매달린 질긴 그리움이 처연합니다.

찬찬히 움직이고 냉정하게 생각하라고 우아하게 걷고 봄날의 햇살처럼 다정하라고 조곤조곤 일러줍니다. 폭이 넓은 치마는 초여름 샛바람에 돛처럼 부풀어 오르고 짧은 눈물고름은 깃발처럼 펄럭입니다.

한복을 입고 걷는 길은 구름 속의 산책처럼 우아하고 몽환적입니다. 한 걸음 한 걸음을 또박또박 세어가며 스스로의 깊이 속으로 다가갑니다. 올해의 한복은 차가운 색감 서늘한 질감으로 다가왔습니다. 다음에 다가올 한복은 언젠가는 만나야 할 숙명의 벗이며 뜨겁게 마주 껴안고 오랜 기다림을 쓰다듬으며 사랑을 나눌 임입니다.

(2008. 5.)

달빛을 보내주세요

정월 대보름의 환한 달빛을 기다리는 설레는 아침. 그러나 아섭게도 우중충한 아침이 열려 있습니다. 둥근 달이 동쪽 산등성이 위로 솟아오르는 장엄한 모습을 처음처럼, 어제는 전혀 몰랐던 것처럼 감탄사를 내지르며 바라볼 수 있을 텐데….

오늘 아침은 침침한 겨울의 어둠과 스멀스멀 기어 다니는 안개가 차와 차 사이의 경계조차 슬그머니 지워놓습니다. FM 음악 방송에서는 "오늘의 말은 달빛입니다. 여러분의 달빛을 보내주세요."

나의 달빛은 무엇이었을까요? 침침한 아침 속에서 몽환적인 달빛의 세계를 그려내라고 다그치는 멘트에 쫓겨 나의 달빛, 나의 달, 나의 기도를 생각해 봅니다.

달은 기도이며 어머니입니다. 산과 바다를 누비며 보낸 긴 시간을 함께 버티어준 기도이고, 언제나 회한뿐인 어머니입니다. 불퉁거리는 인생을 다 껴안을 수 없어서 분노했던 시간들에게 차가운 이성의 단비를 내려준 것도 불면의 시간을 버티는 힘을 준 것도 달빛입니다.

몇억 광년을 건너 내게로 온 자식들을 제대로 건사하지 못 할까 봐 노심초사하던 시간에 달은 어머니가 되어 차고 나면 기울고 다시 가득 채워집니다. 오늘 못하면 내일 해도 되고, 이번 生에 이루지 못했다면 다음 生에 이루어도 좋습니다. 넉넉한 어머니의 젖줄이 되어 어둠을 밝히며 보채지 않고 기다리는 방법을 일러주었습니다.

장독 위에 정갈하게 올려진 정화수 한 그릇의 지혜와 사랑을 남겼습니다.

달은 그리움입니다. 일 년이 십년이 되고 다시 이십 년이 되고 삼십 년이 되는 시간 동안 그치지 않고 생각의 줄기를 타고 오르는 콩 줄기처럼 질긴 기다림입니다.

피안으로 밖에는 더 둘 곳이 없어 지평선 끝자락에다 훌쩍 던져두고 오늘처럼 내일도 그렇게 바라볼 얼굴들입니다. 주인이 없는 그리움이 울체가 되고 병으로 나타나도 내 그리움에는 치료약이 없습니다.

'목이 긴 짐승이여.'라고 노래한 노천명 시인의 외마디 절규처럼 그리움은 시인의 천형입니다. 그립다. 그립다. 그렇게 죽을 운명이 시인의 몫이라면 나는 천상 시인밖에는 달리 더 될 것이 없는 인물입니다.

혹 그대가 그리움이고 혹은 내가 그리움이고 이도 저도 아닌 달빛이 그리움이고 아침 안개가 그리움이다가 다시 돌아서서 내가 그리움이구나. 깨달아지면 그리움은 발길을 돌리고 돌아앉아 무거운 기억의 더께로 가라앉았습니다.

그리움은 내게로 가고 싶다는 나의 본질과 만나고 싶다는 표현의 다른 이름이란 걸 알게 됩니다. 그러니 그리움 탓으로 널 그렸다가 널 버리는 일은 덧없는 행로인 셈입니다.

드디어 질금질금 비가 흩뿌려지고 학교 앞마당이 까맣게 젖어갑니다. 오늘 달을 만나기는 틀린 것 같습니다. 내 몫의 소원은 내일 빌어야 할까요.

'올해는 다른 어느 해보다 더 조용히 살게 하소서. 쓸모없는 욕심을 재빨리 알아차리게 하시고 다른 이들의 귓속말로부터 자유롭게 하소서.'

(2012. 2.)

말 무덤言塚

경북 예천군 지보면 대죽리 한대마을에는 400년이 훨씬 넘은 '말 무덤言塚'이 있다고 한다. '말 무덤'은 우리가 사용하는 말[言語]을 묻어둔 무덤을 말한다.

여러 타성바지가 모여 사는 마을인데 문중들 간에 싸움이 그칠 날이 없고, 사소한 한 마디가 씨앗이 되어 큰 싸움으로 번지는 등 말썽이 잦았다.

어느 날 길을 가던 과객이 이 마을 산세의 형상이 '좌청룡이 곧게 뻗어 개의 아래턱 형세를 하고 있으니 마을이 날마다 시끄럽겠군. 개 주둥이의 송곳니 위치쯤 되는 마을 입구 논 한가운데와 앞니 위치쯤 되는 마을 길 입구를 바위로 눌러두면 개가 재갈에 물려 소리를 지르지 못할 것이요.'라고 하였다.

그래서 마을 어른들이 그동안 서로에게 사용했던 나쁜 말들을 모두 종이에 써서 땅에 묻고, 요란한 개에게 재갈을 물리듯 바위

두 개로 눌러놓고 다 함께 제사를 지냈더니 비로소 마을이 화목해졌다고 전해진다.

말의 무덤을 생각하면서 남편과 내가, 남편과 시어머니, 스스로 어른이 되어버린 두 딸과 함께 가족이란 이름으로 서로에게 던져버린 무수한 말들을 다시 새겨보게 되었다. 한 세대가 삼십 년도 넘게 같은 집에서 밥을 먹었으니 가슴에 남을 만한 말들을 서로 나누었는지 말의 여정을 되짚어 본다.

말은 함께 살아온 시간에 반비례하는 것인지 시어머니와 남편과의 사이를 정리하는 말은 정말 단순하다. 어무이-, 길고 낮게 뽑아 올리면 갑자기 따뜻한 보리차가 쟁반에 담겨 방문 앞까지 대령한다. 어무이-. 급히 내지르면 햇살에 잘 마른 속옷이 바람 냄새를 풍기며 달려온다.

"어무이-."

며느리 눈치가 보여 창고 한쪽에 잘 숨겨두었던 소주병이 둘둘 말린 달걀지단과 함께 작은 상에 차려져 나타난다. 나는 도통 그분들의 단답형 말들을 듣고 재해석할 재간이 없어서 그들의 말속에 함께 파묻혀 본다는 엄두도 내지 못하고 지금까지 말을 하는 척 듣는 척하며 지내왔다.

남편과 나 사이의 말은 어렵다. 처음의 의도가 무엇이었든 간에 마지막 결론은 부정문이다.

"그 말을 하자는 것이 아니라고."

목이 아프게 손짓, 발짓해가며 표현해도 하면 할수록 미로에 빠져서 허우적거리는 말들의 잔해를 보게 된다. 그렇다고 말꼬리를 물고 밤낮으로 말 따먹기를 할 형편은 안 되고 서서히 말을 줄여나가다가 종내 말없음으로 가라앉는다.

"당신, 그때는 그랬지 않나요?"

"구질구질하게 지나간 이야기 하며 따지지 말라구."

삼십 년을 살아도 그와 나 사이의 말들은 구질구질하게 얽히고 배배 비틀다가 꼬불꼬불 긴 창자를 통과한 염소 똥처럼 땡글땡글 뭉쳐서 작고 둥글며 차돌처럼 단단하다. 그 돌팔매에 맞으면 오래 아플 것 같아서 슬그머니 피하게 된다. 이리 비틀 저리 비틀 하고 싶은 말들을 머리에 이고 하나라도 바닥에 흘려서 생채기를 낼까봐 조심하다 불쑥 내뱉는다는 것이 내지르는 행동이 되고 만다.

"앗 뜨거! 말을 말아야지. 왜 또 그걸 잊었어."

큰딸의 말들은 그 껍질부터 살피는 것이 가장 중요하다. 무슨 말을 할 것인지 예쁘게 잘 계산되어 있고 엄마한테 전달되어 꾸중을 들을 만한 것들은 이미 삭제되어 있다. 말들의 새끼줄을 쫄래쫄래 따라가 보면 검은 염소 한 마리가 묶여있기도 하고. 스스로 자신의 마음을 잘라버린 상처가 매달려 있기도 하다. 책임의 소재에 민감하고 책임질 일만 하려는 의지가 말들에게 족쇄를 채워 딱딱한 말들을 만들고 만다. 조금만 더 편하게 내려놓아도 좋을 것을….

가슴에 켜켜이 쌓고 사는 것이 내 눈에만 환히 보이는 것인지 말을 들으면서 여분치도 미리 짐작해 둔다.

"용돈은 오만 원만 필요해요." 그렇게 말했다면 사실은 칠만 원 정도는 필요하겠지, 생각하고 준비해야 한다는 말이다.

"엄마는 외벌이가 힘들어. 돈은 무조건 아껴서 써야 해." 그렇게 강조한 말들이 어깨를 누르는 말의 빚이 된 것은 아니었는지. 시린 마음 밭에 흰 소금을 쫙쫙 뿌린 듯이 아리다.

막내딸의 말은 따뜻하고 그 결이 특히 부드럽다. 길게 꼬리를 물고 숲속의 샘물처럼 쉬지 않고 흘러나온다. 끝까지 들어줘야 하고 실감 나게 추임새를 슬쩍슬쩍 던져 넣어 줘야 말빚을 만들지 않는다. '엄마, 엄마'로 시작된 말들이 홍수처럼 쏟아져 내려서 몇 시간은 훌쩍 흘러간다.

주변의 친구나 일상사부터 시작해서 자신에 관한 이야기까지 까치가 새집을 짓듯이 조밀하게 풀어놓는다. 그래도 지루하지도 식상하지 않게 풀어내는 재주가 가상하다. 막내딸의 말들은 상대에게 희망을 갖게 할 뿐 아니라 어깨까지 '어쭈, 어쭈' 치솟게 만든다. 오고 가는 말들이 모두 그 입을 통해서 곱게 새 옷을 입는 일을 지켜보면 나도 한 수 배우고 싶어진다.

말로 인해서 잃어버린 시간이 너무 길어서 아직도 제 몫의 산을 넘지 못한 말들이 발끝에 툭툭 차인다. 가족이란 이름으로 이미 저질러 버린 난폭한 말들을 모두 종이에 옮겨 써서 말 무덤을 만들어 봐야겠다.

'이 말을 어째 다 하고 살꼬?' 눌려진 말들이 삿대질을 해댄다. 다 쏟아놓는다고 말을 다 한 것은 아닐 거야. 새길 만큼 새기고 녹일 만큼 녹여서 나누는 것이 말이 아닐까.

경북 예천의 말 무덤을 찾아보다 가족이란 이름으로 묻어야 할 많은 말들을 만났다. 말들의 길은 고운 말, 따뜻한 말, 자신과 타인을 억누르지 않는 말들로 채워야 한다는 지혜를 배운다. 눈을 뜨면서 시작해서 감을 때까지 아낌없이 꺼내 쓰는 말들은 참 어렵다. 말도 통장을 만들어서 차곡차곡 저축해 두고 깊이 있게 이자까지 불려가면서 나눠볼 일이다.

놀이공원에 가야 만나는 맛있는 분홍색 솜사탕을 먹듯이 야금야금 아껴서 느껴볼 일이다.

부자로 사는 법

어제는 먼 곳에 있는 벗에게서 우울증이 생겼다는 전화를 받았습니다. 봄바람이 누런 모래를 가득 싣고 슬렁거리고 우울증과 울렁증이 심해 도저히 이대로는 살 수 없다고. 뚝뚝 떨어져 누운 붉은 동백처럼 봄 울음이 가득 차서 병이 난 것이 아니라 증권이 나날이 바닥세로 추락하는 탓이라 합니다.

그 말을 듣는 순간 왜 이렇듯 웃고 싶어질까요. 벗에겐 참 심각한 생활과 아름다운 생존의 문제일 텐데…. 마냥 하하하 큰소리를 내며 웃고 싶어졌습니다. 가난한 나 같은 이웃에게는 투자나 재테크라는 단어 자체가 생소하고 물 건너 남의 나라 이야기입니다.

은행에 대출해서라도 펀드에 투자하는 것이 오늘을 사는 현명한 사회인이라고 너도나도 펀드 창구 앞에 줄을 서고. 한 달에 얼마를 벌었다는 낭보로 웃고 우는 시간 동안 펀드를 몰라서, 펀드까지 가입할 형편이 못 되어서 억울했을까요. 세상을 읽을 줄 모른다며 싸

잡아 어리석고 가난한 군중 속에 매몰되어서 답답했을까요.

벗의 답답하고 누런 봄을 보면서 웃는 것이 참 변덕스럽지만, 사람은 이렇게 간사한 존재인가 봅니다. 가슴 한 모퉁이에서는 타인의 아픔을 통해 자신의 행복을 살짝 확인하며 안도하기를 멈출 수 없는 존재, 유한한 존재 말입니다.

올봄은 유독 봄 멀미가 심했습니다. 천장을 모르는 듯 한없이 치솟는 기름값에 천 단위로 올라가는 대학등록금. 두 딸을 나란히 음대, 미대에 입학시켜 놓고 나날이 늘어가는 등록금에 2월은 황사만큼 누렇게 부황이 드는 달이었습니다.

하늘을 바라보며 푹푹 쉬어보는 한숨. 세상이 답답해서 헤실헤실 잇몸을 드러내며 빨갛게 웃는 동백에게도 올봄에는 짜증이 났습니다. 밀려오는 세상의 흐름을 막을 수 없을까 봐 불안해서 버티고 선 땅에서 심한 멀미를 느꼈습니다.

늦은 저녁 진주성을 휘적휘적 걸으면서 어두운 성터 곳곳에 한숨 덩어리들을 쏟아붓고 투덜거리다가 산책을 마치곤 했습니다. 친구의 소식을 들은 오늘은 내가 부자란 사실을 알았습니다.

증권에 투자해서 5천만 원이란 대단한 돈을 잃은 적이 없었고, 부동산 투자로 돈이 묶여 꼬박꼬박 이자를 물어내는 일도 없으니 말입니다. 노름해서 잃은 적도 투자해서 손해 본 적도 결코 없었답니다. 그저 학자금 마련 하나에도 아등바등 땀을 비 오듯이 흘리며 윗돌 아랫돌을 수시로 체크하는 형편일 따름입니다.

아침부터 우중충한 날씨 덕분에 하루가 더욱 더디게 흘러갑니다. 창밖으로 망진산 자락의 벼리들 환히 바라다보이고 느린 순환 열차가 산자락 아래로 길게 붉은 밑줄을 긋고 지나갑니다. 멀미 나는 봄날에 더 이상 잃을 것이 없다는 사실을 드디어 알았습니다.

봄바람처럼 변덕스럽고 누렇게 부황에 뜬 얼굴일지라도 더 낮아질 자리가 없는 줄 알았으니 당당하게 일어서서 내가 부자라고 말할 수 있습니다. 비가 올 듯이 낮아지는 하늘을 머리에 이고 꿈틀거리는 땅에 두 다리를 튼튼히 딛고 서 있는 것만은 자신 있습니다.

(2008. 3.)

사랑니를 뽑다

30년 동안 고이 간직한 사랑니를 뽑았습니다. 세월을 이기는 장사가 없다더니 자꾸만 잇몸이 시렸는데, 의사는 풍치라고 하더군요.

풍치는 잇몸 치료를 잘 받아야 한다고 오른쪽부터 시작해서 왼쪽까지 치료하면서, 이미 마취는 된 상태이니 사랑니까지 이번 기회에 처리해 버리자는 의사의 권유에 용기를 냈습니다.

사랑니 뽑는 일이 힘들다고 주변에서 다들 어찌나 겁을 주는지, 미리 가장 편안한 시간을 선택해 수요일 퇴근 후로 정해 놓고 잡다한 약속까지 다 정리하고 도전을 했습니다.

마취는 어떨지 뽑고 나서 진통제는 뭘 먹어야 하는지. 진통제에 알레르기가 있고 전혀 진통 효과를 못 느끼는 저 같은 사람은 무슨 약을 먹고 진통을 참아야 하는지. 무거운 마음으로 의자에 누워 마취 주사를 맞았습니다. 입을 한껏 아 앙, 벌리고 징징거리며 기계

돌아가는 소리, 고인 침을 제거하는 소리만 찌지직거릴 뿐 마취에 취한 세상은 잠잠합니다.

"사랑니를 뽑습니다. 조금은 아플 텐데 힘들면 손을 드세요." 친절한 멘트를 듣고 좌우로 한 번씩 어금니 부분이 흔들리더니 다시 잠잠합니다.

"일어나서 양치하세요." 잔뜩 긴장한 어깨 위로 불쑥 끝났으니 그만 내려오라고 합니다. 이렇게 30년 지기 사랑니와 이별을 하는구나.

"솜은 30분만 꾹 눌러주시면 되고 수영을 빼곤 어떤 운동도 가능합니다. 진통제는 알레르기 때문에 처방할 수 없으니 힘들면 알아서 직접 사서 드세요."

드디어 사태는 끝이 났습니다. 병원 밖으로 걸어 나오면서도 계속 고개를 흔듭니다. 참 간단한 세상이구나. 무엇을 기대하고 치료 의자에 누웠을까요. 마취 주사 한 방이면 사랑니를 뽑든 잇몸을 긁어대든 간에 통증이 없습니다.

우리 인생에도 통증을 싹 제거하는 마취제가 많았으면 좋겠습니다. 아무런 두려움 없이 칼을 들이미는 현실에서 당당할 수 있는 용기를 주는 마취제. 아예 통증 자체를 잊게 하는 위력을 가진 무엇이 필요합니다. 날마다 걱정과 두려움으로 낡아가는 인생 앞에 두려움을 없애준다는 것은 희망의 메시지고 구원입니다.

다가올 통증이 두려워서 집 밖으로 나갈 엄두는 아예 내지도 않았는데, 밤을 새우고 새날이 와도 통증은 없습니다. 그저 어제저녁에 이를 뽑았다는 사실만 덩그렇게 남았습니다.

삶의 많은 것들은 사실이 아니고 그저 두려움으로 부풀린 생각의 조각이란 걸 증명하는 순간입니다. 무얼 걱정하고 무얼 아쉬워하는지 미리 두려워할 이유가 없다는 걸 배우는 순간입니다. 알고 보면 진실은 참 단순해서 오히려 허탈합니다.

사실 어제저녁엔 통증을 대비해서 타이레놀 진통제를 약국에서 샀거든요. 나름 머리를 쓰고 준비까지 철저했는데…. 삶은 뜨겁게 달궈져서 파란 하늘에 둥둥 떠다니는 커다란 애드벌룬 같습니다. 외형은 커다랗지만 살펴보면 얇은 비닐 조각에 지나지 않는 현실을 만나게 되지요.

두려움의 실체란 없습니다. 오직 두려워하는 내가 있을 뿐이지요. 두려움에 삶을 저당 잡히고 흔들리며 살아가는 것이 현실이라 믿는 어리석은 눈이 있을 뿐이지요.

사랑니를 뽑으면서 천 개의 눈 중에서 무지하고 몽매한 두려움의 눈까지 쑥 뽑혀져 나갔습니다. 어금니 자리에는 동그란 구멍이 뻥 뚫려 말끔히 하늘을 바라봅니다.

(2009. 3.)

설사와 치질

    수술한 후 가장 힘든 일이라면 수술의 통증이 아니라 변을 밀어서 내보내는 일이다.

    "무통을 달아주니까 통증 걱정은 하지 말고 수술해."

    친구의 친절한 설명에 만족해서 부담 없이 수술대에 누워 가만히 수술을 기다렸다. 척추 마취에 또렷한 의식으로 수술 현장을 지켜보면서 아무런 통증을 느끼지 못했다.

    20분 정도의 수술 후 이동 침대로 옮겨져서 입원실로 돌아와 보니 두 다리가 내 몸의 일부라는 감각이 하나도 없었다. 묵직한 느낌과 함께 한없이 밑으로 가라앉는 불쾌한 통증이 허리께서 천천히 척추를 타고 위로 올라온다. 잠이라도 까무룩 쏟아지면 좋을 텐데 머리는 불투명한 안개 상태로 흐릿하게 의식을 켜고 목을 곧추세운다.

    오후의 마지막 햇살이 창을 발갛게 물 들일쯤 서서히 다리의 감각이 되살아나면서, 허리와 수술 부위가 욱신욱신 존재를 드러내기 시작했다.

"무통 달았잖아요. 괜한 엄살."

너무 예민해서 아프지도 않은 부분까지 모두 통증으로 여긴다고 젊은 간호사는 진단해 주고 간다. 정말 무통을 달면 아프지 않은 걸까. 무통을 믿어보기로 했는데, 밤이 깊을수록 통증은 심해지고 온몸에 식은땀이 줄줄 흐르기 시작했다.

벽을 벅벅 긁고 싶도록 아파서 진통제라도 처방하면 안 되는지 간호사에게 딸을 보냈으나 절대 안 된다는 전갈이다. 무통을 달았으니 신경성일 뿐이라고. 첫날 하루를 통증 속에서 지새우고 둘째 날, 셋째 날도 진통과 함께 오줌소태로 고무호스를 끼우느냐 마느냐로 실랑이를 하며 보냈다. 넷째 날부터 조금씩 통증이 가라앉고 소변도 제법 소통이 되는 거다.

수술 중 가장 어려운 것은 셋째 날부터 시작하는 배변 연습이다. 다른 환자들은 다 정상적인 배변을 하는데, 나만 하루에 세 번에서 다섯 번까지 설사하며 화장실을 들락거리니 화장실 다니는 것이 힘들어서 제대로 쉴 틈이 없었다. 담당 의사의 지론은 그것도 신경성이란다.

"나는 습관성입니다."라고 강력히 주장해도 "아닙니다. 그것은 설사가 아니에요." 하면서 화까지 버럭버럭 낸다. 습관성 설사는 사실 9월부터 시작됐는데, 그 의사는 내 말에 수긍할 생각이 없고 노력이 부족해서라고 한다.

닷새째에 드디어 무통 주사를 몸에서 분리하고 의사와 면담하는 시간. 여덟 명의 환자들이 의사를 기다리며 같은 수술을 한 이웃들과 수다를 떠는데, 공통적인 의견은 무통을 떼고 나니 아프다는 거다.

"지금까지 통증이 없었는데 아침에 무통을 떼고 나니 살살 통증이 느껴져요." 무슨 말! 지금까지 그들은 무통의 효과에 의해서 정말 통증을 못 느꼈는데, 나만 느꼈단 말인가? 이렇듯 억울할 일이 있나.

그동안 자주 통증을 호소한다고 신경성 환자 취급을 톡톡히 당했다. 의료보험 혜택도 없이 육만 팔천 원 빳빳한 현금을 주고 달아놓아 불편한 자세로 5일 동안 꾹 참아낸 무통 주사가 내게는 물 주사에 불과했다니….

닷샛날의 통증이야 내 몫으로 보면 아주 가벼운 산책 정도일 것 같은데 저들은 심각하게 통증이라고 주장하고 있는 거다. 병원에 입원하고서야 내 몸이 참으로 특이체질이며 약이 제대로 작용해 주지 않는다는 걸 알았다.

사실 그동안 어지간히 아파도 병원에 가서 주사 맞는 일이 없었다. 차라리 힘이 들면 한의원에 가서 침을 맞고 말지. 감기약이나 여러 가지 약을 먹어서 도움을 받은 일보다는 부작용으로 고생한 기억이 더 많았다.

호주에서 보내온 약은 뇌하수체 호르몬 분비에 좋은 약이었는데 먹고 나서 엄청나게 부종이 생겨서 결국 그만두었다. 부종으로 합천까지 가서 한방약을 지어 먹고 끝을 맺었다. 학교 앞 의원에서 지은 감기약으로 눈이 정구공처럼 부풀어 올라 학교를 하루 쉬기도 했는데, 아스피린 계 알레르기라고 한다.

사실 아스피린은 감기약으로서의 효능과 예방약으로도 참 좋다고 자주 처방을 받는데…. 병원에서 수술의 소염 효과를 위해서 주는 약을 제외하곤 모두 쓰레기통에 버린다. 의사는 가득 처방해 주었지만 설사하는데 식이섬유나 배변 유연제가 어디에 쓰이는지….

엿새째 퇴원을 하고는 다시 한방을 찾아서 설사 이야기로 시비를 부쳐 놓았는데 한의사는 쑥뜸을 떠야 한다고 주장하고, 나는 체질상 쑥뜸 뜨면 화상을 입으니 불가하다고 주장하다가 실험 삼아 아주 가볍게 다른 환자 반 정도의 열기와 시간으로 뜸을 뜨는 것에 동의했다. 배를 쑥 내밀고 세 개의 뜸 기계를 배 위에 얹고 불이 활활 붙은 쑥을 놓고 연기가 송풍기로 슬금슬금 올라가는 것을 지켜본다. 배를 내밀고는 있지만, 작년에 남들은 천을 전혀 깔지 않고 쑥뜸을 하는데, 혼자서 유별나게 세 장의 거즈를 깔고 쑥뜸을 뜨고도 화상을 입어서 한 달간 고름을 줄줄 흘린 기억이 주마등처럼 지나간다.

그렇게 가볍고 짧게 쑥뜸을 마쳤다. 밤이 깊을수록 배에서 화기가 슬슬 치밀면서 쑥뜸 자국들이 빨갛게 변하고 작은 수포를 형성하기 시작한다.

"아이구! 병 고치러 갔다가 병 만들어 왔네."

동생은 지청구를 늘어놓는다. 다음 날 한의원에 가서 수포가 생겼다고 하니 한의사나 간호사 모두 깜짝 놀란 눈치다. 쑥뜸이 싫다는 걸 억지로 설득까지 해서 시술한 결과였으니…. 한의사는 입술을 꾹 깨물고 심각하게 고민. 간호사는 이런 환자는 정말 첨 본다며 고개를 살래살래 흔든다.

"약을 쓰면 어떨는지요." 한의사는 약을 써보자 하고 나는 그동안 약 때문에 겪은 부작용을 세세히 설명한다.

"그럼 속는 셈 치고 한 첩만 만들어볼 테니 드셔보고 다시 결정해 보면 어떨까요?"

다시 약에 속아 주기로 하고 한 첩을 만들어 달여서 먹어보았는데, 그날 저녁은 평소보다 심한 다섯 번의 설사를 했다. 다시 만난 한의사는 역시였다는 내 말에 용기가 꺾였는지 더 이상 약이나 뜸 이야기는 없고 침만 열심히 맞아보자고 격려한다.

"어떻게 참으세요. 짜증이 날 텐데. 이쯤 되면 대개가 우울증에 걸려요."

바른 배변을 보려고 하는 노력은 창대하나 결과는 줄줄 설사로 흘러내린다. 결국 병원이 없는 시골 약국까지 가서 말로 설명하고 지사제를 샀다. 지사제의 도움 없이 스스로 돌아오길 기다렸던 시간이 다섯 달이 넘는다.

치질 수술에 설사라니? 안 되면 되게 하라.

(2008. 1.)

아버지! 지금 몇 시예요?

'사노라면 언젠가는 내가 앉은 이 자리가 네가 선 자리가 될 것이다.'

어젯밤에 동생한테서 다급한 전화를 한 통 받았다. 전화선을 타고 쏟아지는 소음은 비명에 가까운 절규였다.

"언니야! 아버지 모셔가라. 더는 우리가 모시기 어렵다."

늘 주변에서 눈으로 보고 가슴으로 안타깝던 현장이 드디어 내가 디디고 선 그 자리가 되었다.

아버지는 꽃 각시와 신랑이던 60여 년 전 시간으로 여행 중이셨다. 건장하던 20대 후반의 청년. 그 푸른 시간 속으로 풍덩 뛰어든 아버지는 그립고 뜨겁던 정인, 어머니가 그리워지셨나 보다.

"와 나랑 같이 안 놀아 주고 혼자서 자라 하노."

잦은 배뇨로 비닐을 깔고 그 위에 얇은 이불을 편 아버지의 누렇게 지린 침상이 봉황이 곱게 수 놓인 신혼의 붉은 비단이불로 보이셨나 보다.

아버지의 무릎이 퇴행성관절염으로 제 기능을 잃은 이후로 집안에서는 조금씩, 조금씩 지린 소금 냄새를 닮은 해감 냄새가 피어올랐다. 행동반경 속에는 누런 얼룩들이 훈장처럼 따라다니고 바지는 늘 축축했다. 몸무게가 110킬로그램이 넘다 보니 스스로 자신의 힘으로 일어서기도 힘들다고 네 발 지팡이를 이용하시다가 종내 그조차도 사용할 수 없도록 무너져 내리셨다.

사람은 두 번 아기가 된다.

기저귀를 차야 한다는 사실을 현실로 받아들이지 못한 탓에 숨이 턱턱 막히도록 암모니아의 향기를 품어 올리는 아버지의 방은 쉽게 문을 열고 들어서기가 어려운 영토였다. 투쟁만이 살길이라는 질긴 고집과 씨족을 혼자서 책임지며 다듬어진 권위적인 삶. 드라마 같았던 굴곡진 역사의 강을 흘러온 아버지의 84년. 마지막 정착지는 노란 소금밭이었다. 친구도 가족도 같이 공유하기 어려운 아파트 숲속에 감춰진 어둡고 축축한 원시 동굴이었다.

멀리 캐나다까지 스무하루 걸리는 긴 여행을 하고 왔다. 쭉쭉 뻗어 올린 전나무 숲과 하얀 눈이 쌓인 고요한 호수가 지금도 눈에 삼삼히 떠오른다. 큰딸이 캐나다 땅에서 열심히 바람을 일으키고 다닐 동안 아버지는 눈이 흐려져서 어두운 동굴인지 밝은 동굴인지 제대로 감지하지 못하고 지내셨다고 한다.

"날 병원에다 좀 데려다 주라. 눈앞에 자꾸만 다른 것들이 획 하고 나타났다가 사라진다."

가족들이 많아도 아무도 아버지를 병원에 모시고 갈 수가 없다. 걷지 못하시니 휠체어를 사용해야 하는데, 한 사람이 휠체어를 붙잡고 있는 동안 튼튼한 팔로 직접 아버지의 바지를 붙잡아서 무거운 정원석을 올리듯이 조심조심 휠체어에 옮겨드려야 한다. 이 작업도 어려운데 더 큰 일은 전립선 이상으로 소변을 참을 수 없어서 10분마다 길에다 차를 세우고 차에서 내릴 수 있도록 돕는 일이다. 어쩔 수 없이 아버지의 바깥나들이는 멈출 수밖에 없었다.

"아버지 이번에는 기저귀를 차세요. 기저귀를 찬다면 내 차로 모셔서 병원에 갈 것이고 기저귀를 안 차신다면 119를 불러서 타고 가셔야 해요. 내 차에 오줌 냄새가 나는 건 정말 싫다고요."

"내가 어린애가. 기저귀 차고 다니게. 나는 안 찰 거다."

"그럼 엄마랑 두 분이 오손도손 119 불러서 갔다 오세요."

엄마의 눈에는 벌써 눈물이 또르르 구르기 시작한다. 믿었던 큰딸이 차를 태워주지 않겠다는 소리가 무척 섭섭하셨나 보다. 기저귀를 안 차면 절대로 못 나간다는 큰딸의 고집에 떠밀려 부랴부랴 커다란 삼각팬티랑 사각형 기저귀를 사 오라고 동생을 내보내신다.

그렇게 거부하던 기저귀를 차고 한 시간쯤 걸리는 안과에 검진

하러 갔다. 노인성 백내장으로 눈앞에 흰 막이 가려져서 잘 보시지 못할 거란 진단이 나왔다. 더 큰 문제는 눈에 출혈이 있어서 당장 수술을 할 수가 없다는 사실이다. 눈 안의 출혈은 일 년에서 육 개월 정도 시간이 지나가 봐야 수술이 가능할지 알 수 있다고 한다. 평소에 자주 드시는 약주 때문에 눈에 출혈이 왔고, 눈이 제대로 보이지 않는데도 책을 읽는 습관을 버리지 못한 탓에 아버지의 눈은 고장 난 시계가 되었다.

"술 드시지 말고 책도 읽지 마시고 출혈이 가라앉기를 기다리세요."

의사의 진단은 간단했지만, 절주와 책을 내려놓으란 명령어 때문에 아버지에게 남겨진 시간은 잿빛이다. 기저귀를 인정하셨기에 아버지의 바깥나들이는 힘들어도 노력하면 가능한 사업이 되었다.

"아버지, 기저귀 차고 나가니까 불편하지 않아서 좋지요. 이젠 꼭 차고 다니세요. 멀리 고향에도 가실 수 있고 바다 냄새를 맡으러 갈 수도 있어요."

"기저귀 안 찬다는 소리 내가 언제 했노. 나는 그런 소리 안 했다."

'사나이는 말이다.' 그렇게 시작되는 시퍼렇던 결기를 잊으셨나 보다. 착한 아이처럼 초롱초롱 눈을 두리번거리며 창밖을 보신다.

"저건 뭐꼬?"

끊임없이 질문하신다. 다섯 살 어린아이의 호기심으로 돌아간 아버지는 길가에선 신호등, 햇살에 반짝이는 유리 건물들, 기다랗게 서서 열병식 하는 아파트 숲, 낡은 도시가 세상에서 가장 신기한 곳이라는 듯 넋을 놓고 바라보신다.

"내 지갑에 용돈이 많이 있다. 그 돈으로 손목시계 하나만 사 주라."

고장 난 시계를 갖고 계신 아버지는 눈에 잘 보이는 커다란 손목시계를 갖고 싶어 하신다. 그 시계로 푸르던 젊음의 시간과 아버지처럼 늙어가는 자식들의 시간까지 알고 싶으신가 보다.

"아버지, 지금은 몇 시예요?"

아버지의 시간을 묻고 싶다.

진주에는 엉가가 있다

진주에서는 '엉가'라는 정겹게 부르는 소리를 들을 수 있다. 나는 친가 외가를 통틀어서 큰딸이다 보니 정겹게 '언니'라고 부를 인물이 가까이에는 없었다. 늘 누군가가 날 향해 '언니!' '누나!' 그렇게 불러주었다.

진주에서 사는 세월이 35년째 접어들면서 언니를 '엉가'라고 부르는 사투리에 스며들기 시작한다. 참 정겹다. 누군가의 따사로운 사랑이 슬금슬금 가슴을 파고드는 것이 느껴진다. 엉가, 엉가 부르면 커다란 어깨를 빌려주는 일이 아니라, 커다란 어깨를 빌리는 일이 된다는 것을 쉰 고개를 넘고서야 깨닫는다. '엉가'가 키가 커서, 품이 넓어서도 아니라 그냥 '엉가'라서 위로가 되고 기쁨이 된다. 엉가라는 단순한 언어의 울림을 통해 가슴은 점점 넓어지고 키가 훌쩍 커져 간다.

35년의 시간을 함께 나눈 '엉가'가 있다. 낯선 도시에서 학교라는 틀을 벗어나서 처음 만난 인연이었다. 음악회장에서 만난 엉가는 화사한 봄과 눈부신 안개꽃을 합친 듯이 화사했다. 바람이 불면 훅, 어디론가 바람을 타고 날아갈 듯이 맑고 투명한 웃음소리를 달고 다녔다. 나의 어둠과는 지구 반대편에 살고 있는, 그래서 가까이 다가가는 것이 어려웠다. 음악회에만 가면 볼 수 있는 '엉가'를 늘 저만치 떨어져서 바라보곤 했다.

학교를 졸업하고 교사로 발령을 받고 결혼을 하는 동안 음악회도 잊었고 만나볼 기회도 잃었다. 산다는 대명제에 밀려 주변의 기억들은 무너져 버린 25년. 그동안 아이들은 대학을 졸업하고 평생 직장인 학교도 여기저기 옮겨 다녔다. 남강 주변에 터전을 잡고 해 저무는 저녁이면 강변을 산책하며 스무 살, 그 푸른 청춘의 시기에 만난 이들은 지금은 무얼 하고 있을까? 때때로 그리움의 시로 밀물지는 얼굴이었다.

음악회에 참석해 달라는 옛 인연의 초대를 받고 찾아간 음악회장에서 '엉가'를 만났다. 28년 만에 "안녕하세요. 저, 기억하세요?"

헤어진 그때의 모습 그대로 어젯밤에 헤어졌다가 오늘 아침 다시 만난 것처럼 '엉가'가 서 있었다. 참 신기한 일이다. 어쩜 저리도 변화가 없는지. 세월이 유독 후한 점수를 주었나 보다. 반갑게 손을 흔들며 이야기해보니 10년을 같은 동네에 살면서도 모르고 지나쳤던 것이다.

아침저녁 출근하는 시간이 다르고 산책 말고는 동네 나들이가 없는 도시형의 삶이 우리를 못 만나게 한 거다. 엉가는 첫 시집살이를 서울에서 시작했다가 다시 진주로 내려와서 10년째 산다고 한다. 음악회의 기억을 평생 안고 살다가 다시 나오게 됐는데, 반가운 얼굴을 그것도 같은 동네 이웃이라면서 기뻐한다.

그날 이후 늘 주변을 어슬렁거리며 어른 노릇은 거창하고 언니라는 이름은 지루해서 싫으니 언니는 말고 '엉가' 하라고 졸랐다.

"왜! 내가 엉가야. 네가 엉가 하면 안 돼? 네가 엉가라 부르니까 괜히 더 늙어진 것 같잖아."

"안 돼. 엉가 해야 돼. 아주 젊은 엉가라 부를 게."

이제 엉가다. 만나기만 하면 무시로 흥얼흥얼 엉가야, 엉가야 부른다. 엉가가 있어서 사는 것이 참 촉촉해졌다. 걸어서 백 미터 앞에 있다는 사실만으로도 배가 부르다. 남편과 말다툼으로 부글부글 화가 나서 대문을 쾅, 발로 차고 나와도 쪼르르 달려갈 곳이 하나쯤은 있다는 기대가 언제나 위로가 된다. 위임된 백지수표 한 장이 있다. 넌 사랑받는 사람이야. 그 수표책엔 그렇게 적혀 있다.

엉가랑 둘이서 음악회장에서 속닥거리고 무거운 기타를 둘러메고 연습하러 간다. 속닥속닥 퍼고 또 퍼도 바닥이 마르지 않는 수다를 나눈다.

엉가! 우리 같은 동네서 같이 음악도 듣고 기타를 치면서 오래오래 잘 살았습니다. 그렇게 동화를 꾸며봐.

진주에는 아주 정겨운 단어가 있다. 도란도란 만물 도랑 같은 단어가 있다. 진주에는 엉가가 있다.

(2013. 5)

집수리

올해는 여느 해보다 집수리에 관심을 많이 기울이고 연초부터 이곳저곳 집수리에 끌려다니고 있습니다. 1월엔 지리산에 있는 친구의 낡은 시골집 보일러가 터져 방안 가득 홍수가 나서 장판이랑 벽지가 물에 둥둥 떠다니는 상황이 벌어졌습니다.

지난 11월에 가을 손님들을 모시고 주인 없는 빈집에 올라가서는 보일러를 사용한 뒤 그때는 겨울이 아니라고 아낀다고 꼭꼭 코크를 잠그고 내려왔었는데…. 100년 만에 찾아온 혹독한 올겨울 추위를 견디지 못하고 사고가 난 것입니다.

원래대로 고치기는 어렵겠고 손쉽게 시공할 수 있는 전기 판넬을 깔고 벽지며 장판을 새로 교체하는 공사를 했습니다. 꽁꽁 얼어붙는 섣달의 칼바람 속에서도 며칠을 열심히 손을 보태고 추위에 떨었음에도 된통 쓴소리만 듣고 지리산 공사는 영구 미완으로 끝이 났습니다. 덕분에 오랜 인연을 봄을 재촉하는 제주의 봄비 속에다 던져버리고 돌아오는 결과를 맞이했습니다.

2월의 집수리는 인간문화재 선생님이 칠암동에 집을 사서 새롭게 고치고 다듬는 것입니다. 가장 시급하고 결정적인 문제인 금전 탓으로 12월부터 사모님과 삐걱삐걱 집수리한다는 자체가 부담이고 스트레스인지 여러 날 불협화음으로 요란하시더니, 드디어 3월 14일에 이사를 가신다는 결정이 났습니다.

남의 집수리에 훈수를 두다가 갑자기 횡재했습니다. 사모님이 새집으로 이사 가는 기념으로 천만 원을 주고 통영 자개농을 사신다고 집에 있는 삼백만 원짜리 5년 된 장롱은 미련 없이 창밖으로 훌쩍 던져버릴 태세입니다.

사실 우리 집에 잘 모셔져 있는 골동품격인 장롱은 보루네오로 25년째입니다. 그것도 스스로 구입해 놓고도 친정에서 사다 주더라 하는, 통신에 걸린 가슴 시린 작품이고 보면 마디마디 애착이 갑니다. 25년의 세월은 이길 수 없는지 이불장 칸막이는 내려앉았고 옷장 속의 넥타이걸이는 부서져서 흉물스럽게 뼈대만 남아도 곱게 문을 닫고 벽 한쪽을 차지하고 있습니다.

"선생님 굳이 버리실 참이면 우리 집 쪽으로 버려 주세요. 대문 밖에 버리면 쓰레기라고 돈이 들지만 제가 들고 가면 공짜입니다." 말씀을 드렸더니 선뜻 "그것 좋네. 자네가 처리해주게." 하십니다.

문제는 그 다음부터입니다. 쉰이 넘도록 한 번 사 봐야겠다고 꿈조차도 꾸지 않았던 삼백만 원짜리 장롱이 턱 하니 생겼으니 배보다 배꼽이 더 큽니다.

큰방에 예쁜 장롱을 갖다 놓고 싶은데, 큰방의 상태와 분위기는 25년을 쓴 장판에 10년을 넘긴 누런 벽지가 아직도 당당하게 장수하며 부끄러움 없이 통치하는 곳입니다. 결국은 비싼 장롱 덕분이라는 이름표를 달고 큰방의 벽지와 장판을 새로 교체해야 한다가 지배적인 의견입니다.

집수리가 거론되자 큰방보다 더 심각한 곳들이 여기저기서 서로 생각해 달라고 아우성이고 낡아가는 단층 주택은 영 몹쓸 애물단지로 추락하고 있습니다. 가족 전체의 심각한 숙려 끝에 습기 때문에 벽지가 축축 처져 내리는 부엌과 장롱을 맞이할 큰방만 벽지와 장판을 바꾸기로 결정했습니다.

3월의 집수리는 둘째 화요일부터 준비 작업에 들어갔습니다. 장롱부터 대문 밖으로 내보내고 장롱 속에서 연연히 먼지를 덮어쓰고 들어앉았던 옷이랑 이불은 구석방 침대 위에 볼 짝 없이 던져져 있습니다. 좁은 마루에는 부엌에서 나온 각종 잡동사니가 사정없이 혼을 빼며 설쳐대고 있습니다. 왜 바쁜 3월에 집수리를 하자고 했는지 모르겠다고 종일 투덜거리는 가족들….

수요일은 천장 공사, 목요일은 하필이면 집수리 공사 중인 지금 4대 강을 위한 마을 하수도관 매설 작업이 있다고 대문 앞이 사정없이 파헤쳐져서 도배를 미루는 사태로 발전합니다. 금요일 드디어 도배 시작. 포인트 벽지까지 선택해서 은은한 핑크빛이 감도는 훈훈한 봄이 저만치서 달려와 할머니가 계실 큰방에 살짝 똬리를 틀었습니다. 부엌은 붉은 주황빛이 감도는 네모난 타일형 무늬로 물걸레질이 가능한 시트 벽지를 사용했습니다.

토요일 선생님 댁에서 연노란색 장롱이 배달되어 큰방은 부드러운 봄의 정령들로 가득 찼습니다. 갑자기 달라지고 말끔해진 집안 분위기. 그러나 집수리는 한꺼번에 먼지 속에서 낡아가는 세월과 부딪쳐야 합니다. 늘 절약하고 싶어도 언제나 적자뿐인 생활비 차원에서 보면 분홍빛 고운 꽃들로 가득한 샛노란 봄을 얻기 위한 투자가 과도했습니다.

한 주 내내 집 안 구석구석을 채우며 뒹굴던 낡은 물건들. 이젠 버려야지, 버려야지 하면서도 질기게 미련을 떨며 웅크리고 앉았습니다. 새 술은 새 포대에 담는 법이라는데….

25년째 함께 살아왔으니 이제는 하나둘씩 슬그머니 흘려버리고 잊어버려도 좋을 것입니다. 아직은 아쉽고 안타까운 것일지라도 오래 짐이 될 것이라면 이번 기회에 노란 쓰레기봉투 속으로 과감하게 던져버릴 참입니다.

누구라도 먼 길을 갈 때면 입고 있는 그 옷 한 벌이면 충분합니다. 좀 더 가벼운 여행길이 되도록 구석구석 찾아다니며 이별을 하는 수고도 집수리가 던져준 유감입니다.

3부

UFO가 숨겨진 다락방

UFO가 숨겨진 다락방

　다락방은 부엌의 위쪽에 있었다. 구수한 밥 냄새며 지글지글 찌 개 끓는 소리까지 죄다 품고 있는 마루판으로 짜 맞춘 나지막한 공간이었다.

　열다섯이나 되는 대가족의 여름옷 겨울옷들이 번갈아 드나들고 명절 때만 얼굴을 내미는 채반이며 부침개 번철. 나물 소쿠리까지 층층이 쟁여 놓았던 공간, 머리에 이고 사는 창고였다. 생활에 필 요한 집기들은 계절마다 다락의 신세를 지고 제철에 잠시 나왔다 가 다음을 기약하며 다락방에서 바튼 숨을 안으로 삼키는 긴 기다 림의 시간을 가져야 했다.

　할머니 방에서 다락으로 올라가는 문이 있어도 보통 때는 잊고 있다가 특별한 일이 생기거나 필요한 무엇을 찾을 때만 한바탕 먼 지를 덮어쓰며 헤집어 놓곤 했다. 다락방은 딱 그만큼만 가족들의 기억에 남아서 배부른 부엌의 향기를 간직한 채 가족들의 역사를 저장하는 곳이었다.

　다락방에 자주 들락거리는 사람은 막내고모와 나였다. 막내 고모는 다락방에 쟁여진 그 많은 주전부리가 탐나서 수시로 술렁술렁 다락방 문을 열고 다녔다. 설이나 추석을 앞두고 차례를 지내기 위해서 상자째 사다 놓은 사과며 고향 서생에서 보내온 물 좋은 배와 물엿을 졸여서 만든 엿가락과 쌀강정까지. 다락방은 가게가 없던 그 시절, 큰 할인점이다.

　"솔랑솔랑 쥐방구리처럼 명절 주전부리를 꺼내 묵지 말거라."

　할머니께 꾸중을 들어도 고모는 가만가만히 다락방에 들락거리는 것을 멈추지 않았고 결국엔 다락방 문이 철커덕 잠기고 말았다. 그것만으로는 고모의 들락거림을 멈출 수는 없었다.

　고모는 큰조카인 나를 깨워 목마를 태우고 부엌 쪽으로 난 들창을 열고 다락방에 들어가도록 밀어 넣곤 하였다. 주섬주섬 거두어 온 주전부리를 이불을 둘러쓰고 소리 나지 않게 조심하며 야금야금 먹었던 기억들이 어제처럼 다가와 가슴을 두드린다.

　나의 다락방은 고모와는 쓰임새가 달랐다.

　"엄마가 집안일을 할 동안만이라도 동생 데리고 나가서 놀아라."

　집안의 맏이는 동생들의 보모였다. 엄마가 일하는 동안이라는 단서는 사실 하루 종일이라는 시간을 의미한다. 열다섯의 가족들이 생활하는 집의 안주인인 엄마는 식사 준비며 빨래와 청소, 장보기로 잠시도 자리에 앉아서 아이들과 놀아 줄 여유가 없었다.

결국 맏이인 내 몫이었다. 세 살, 다섯 살, 일곱 살 터울의 동생들이 학교에 갔다 오는 언니만 바라보고 있다가 대문만 열고 들어서면 벌떼처럼 나타나 같이 놀아달라고 떼를 썼다.

"누우야! 사방치기 해볼끼가?"

아랫마을 아이들과 한판 붙었던 돌싸움에서 머리가 터진 남동생은 수시로 돌멩이 던지기 놀이를 하자고 한다.

"언니야! 인형 옷 좀 입혀주라. 내사 이불 만들어서 업고 다닐끼다."

동생들이 청하는 내용은 날마다 달랐지만, 나는 늘 혼자서 숨 쉬는 공간만을 꿈꾸었다. 선생님이 내주신 과제도 해야 하고 도서관에서 빌려온 책도 읽어야 하는데….

동생들의 성화나 엄마가 시키는 잡다한 심부름에서 벗어나 자유로울 수 있는 나만의 공간, 고요가 숨 쉬는 곳이 다락방이었다. 30촉짜리 알전구가 덜렁거리며 기다랗게 목을 내민다. 갓도 없는 알전구 가까이에 앉아서 한 장, 한 장 숨어서 책 읽는 맛은 사막 속에 숨겨진 시원한 오아시스였다.

동생들에게 다락방은 UFO가 숨겨져 있는 곳이었다.

"언니야! UFO는 어떻게 생겼노?"

"동그랗고 도톰한 빈대떡같이 생겼지."

"와? UFO는 언니껀데. 니가 우짤라꼬?"

"언니가 말 안 들으면 안 태워 준다캐서."

"언니 몰래 내가 찾아서 타고 가뿔라꼬."

"어데로?"

"저기 하늘 위로?"

"엄마도 없는데?"

"엄마만 데꼬 가면 되지 뭐?"

동생들에게는 UFO는 아무런 조건이 없는 만능무기였다. 한낮의 열기가 차분하게 가라앉는 저녁 무렵. 마당에 놓인 평상 위에 나란히 누워서 동생들에게 하늘에 있는 별자리를 가르쳐주면서 UFO가 나타났다.

"북쪽에 보이는 저 국자 같은 별을 북두칠성이라 하는데, 언니는 저 별에서 왔거든. 올 때 뭐 타고 왔을꼬? 바로 UFO를 타고 왔다 아이가. 내가 타고 온 UFO는 문 앞에 사람이 서 있으면 문이 자동으로 열려. 그리고 그 속에는 방이 엄청나게 많아. 목욕하는 방, 공부하는 방, 책 읽는 방, 장난감 방, 옷 방, 과자방까지 다 있제."

"참말로 그런 게 다 있단 말이제?"

과자를 좋아하는 둘째 동생의 눈이 간장 종지만큼 커지며 가까이 다가온다.

"하문 언니야! 우리는 언제 태워 줄 낀데."

"니가 하는 거 봐서. 언니 말을 잘 들으면 태워 줄끼꼬. 안 들으면 국물도 없다. 니만 이 땅에 내려놓고 우리는 다 UFO 타고 북두칠성까지 놀러 갈끼다."

"언니 말만 잘 들으면 되제. 조심하께."

UFO는 무더운 여름밤, 모깃불 연기를 타고 자꾸만 그 덩치를 키워나갔다.

움직이는 복도, 자동 목욕 시설, 자동 밥솥 같은 그 시절에는 생각도 못해본 여러 가지 기기들을 만들어 갔다.

"언니야! 김일성이가 쳐들어오면 어짜노? 전쟁 나면 우리 다 죽는 거 아이가?"

"전쟁 나도 나는 걱정 없다. UFO가 있는데 뭐시 걱정이고. 우리 식구들 다 타도 된다. 방이 300개인데, 뭐 외갓집 식구도 태워주고 시집간 큰고모집 식구들도 다 태워 줄끼다. 니는 걱정 안 해도 된다."

"언니 니 말만 잘 들으면 내는 전쟁 나도 괜찮은 거네. 뒷집 수복이 네는 우짤낀데? 불쌍타 아이가. 쪼매만 태워주자. 친구는 있어야 안 되것나."

지금도 오지랖이 넓은 동생을 보면 그때 친구들을 꼭 태워 달라고 눈을 끔벅거리며 부탁하던 심각한 얼굴이 떠오른다.

"언니야 UFO가 작을 때는 어떤 모양인지 가르쳐주면 안 되나?"

"니는 껌을 씹고 나서 내일 아침에 다시 씹을라꼬 벽에다가 딱 붙여 놨제. 언니도 벽에다가 단디 부쳐 놨다. 크기는 단추만하다. 혹시 내가 없을 때 찾아서 만지지 마라. 고장 나면 큰일 난다."

손오공의 여의봉처럼 크기가 자유자재로 바뀌는 UFO는 평소에는 작은 단추만 한 크기로, 다락방 한쪽 벽에 얌전히 붙어서 주인이 움직여주기를 기다린다는 정보를 흘린 이후. 유치원 또래의 동네 아이들의 즐거운 놀이터가 된 다락방.

마흔이 훌쩍 넘은 어느 날.

"언니야! 다락에 숨겨 놓은 UFO 어쨌노? 그걸 찾는다고 다락에 올라가서 물건을 만지다가 엄마한테 혼도 많이 났는데. UFO 땜시 심부름은 또 얼마나 많이 하고…."

중학생이 되면서 다락방이 있던 그 집은 삼촌의 신혼집으로 주고. 다락방이 없는 이층집으로 이사를 갔었다. 이사를 하면서 UFO 이야기는 자연스럽게 잊혔다.

어린 시절의 다락방에는 아직도 UFO가 단물은 다 빨아먹은 질긴 고무줄 같은 껌딱지로 남아 누렇게 쥐 오줌을 덮어쓴 벽에 얌전하게 붙어있을 것이다. 제 주인이 나타나서 북두칠성이 있는 우주로 먼 항해를 떠나길 길게 목을 빼물고 기다릴 것이다.

옥곡 장날

이리 굴려도 그만 저리 굴려도 그만인 울퉁불퉁 돌배들이 빨간 대야에 소복이 얹혀 나와 장 구경을 하겠단다.

달 달 달, 주인만큼 숨이 찬 오토바이를 끌고 가던 새 터 장 영감이 만지작만지작 쇠먹이던 유년 기억을 줍다가 가고. 다섯 살 손자 손을 잡은 광양댁은 해소 끓는 소리로 '약은 되겠구먼.'

슬쩍 눈도장 찍다가 옆 전에 펼쳐진 아동용 빨간 겨울 부츠에 냉큼 눈길을 빼앗기고 만다. 온종일 대야 위에서 맹그작 맹그작 사분거리다가 가을 가뭄에 뿌옇게 먼지를 입고 지절대는 수다만 잔뜩 쌓여서 누렇게 부황이 든다.

장터 모퉁이에 자리 잡은 돼지국밥집에선 연신 뜨거운 김이 올라가고 시장기 짙은 오후 나절 빨간 대야 위의 돌배는 낮잠만 잔다.

"어이! 돌배는 얼마요?"

키가 껑충한 중늙은이 하나가 말끔한 잠바를 입고 섰다. 공무원

나부랭이는 되겠지.

"어디 쓰실라요? 감기에 참 좋지요."

"그 대야 것은 다 담아 주시오."

늦은 점심이 드디어 해결될 것인가 보다. 우르르 소리를 내며 검은 봉지에 돌배를 쏟아 담는다.

"집 뒷산에서 딴 것이라 약은 될 것이요."

"수세미도 두어 개 넣고 도라지도 한 줌 넣어야지요."

듣는지 마는지 별말이 없는 인사가 돌배를 걷어들고 보신탕집으로 성큼 들어간다. 무겁게 싣고 온 돌배를 다 팔았으니 오늘 장은 여기서 접고 돼지국밥집에 가서 뜨끈뜨끈한 국물에 밥이나 한 공기 훌훌 말아먹고 툭툭한 막걸리 한잔을 걸치고 올라가야겠다.

"올 장엔 옷걸이에 줄줄이 걸린 오천 원짜리 남방을 사오라 했지."

늙은 마누라가 일러준 들일 나갈 때 입을 남방도 사고. 싱싱한 바지락과 시퍼런 파래도 사서 밭에서 쑥 뽑은 가을무를 얇게 썰어 파래는 무쳐 먹고. 씨알 좋은 조개는 보글보글 국을 끓여 먹으면 스산한 가을밤이 제법 따끈할 것이다.

장바닥에 줄줄이 손님을 기다리며 드러누운 늙은 호박과 청양고추, 피망. 날이 곧추선 여수 앞바다 갈치와 번들거리는 고등어 등줄기 위로 짧은 늦가을 햇살이 혀를 날름거리며 익어간다.

(2008. 11.)

달밤에 체조하기

여름을 보내는 방법을 그동안 잘 몰랐던 것 같습니다. 뜨겁다고 지친다고 짜증만 내고 살았는데, 의외로 여름이 살맛 나면서 신나고 설레는 계절인 줄을 이제야 깨닫습니다.

여름 오전을 학교에서 열심히 움직이고 나서 등산복으로 바꿔 입고 바로 산으로 퇴근을 합니다. 학교에서 산길 들머리의 마트까지 걸어서 10분 걸립니다. 시원한 생수 한 병을 사서 챙기고 큰 손수건으로 이마와 머리를 감싸고 모자를 푹 눌러쓰면 영락없는 산 꾼입니다.

방금 전까지 충실히 근무한 공무원은 온데간데없고 몇 시간이고 산자락을 휘돌고 다녀 연초록빛 산 냄새가 폴폴 나는 듯이 보입니다. 석갑산 자락을 천천히 오르면 첫 관문인 차양이 잘 쳐진 배드민턴 구장과 각종 운동기구가 쭉 늘어서서 열심히 손님을 받는 모습을 볼 수 있습니다.

훌라후프를 돌리면 허리 통증이 줄어든다고 오래전에 소개를 받았으나, 사실 한 번도 마음먹고 돌려본 적이 없었습니다. 처음으로 커다란 사재 훌라후프를 돌려보니 어색한 폼만큼 성적은 5~6번 돌리면 낙하 허리만 아팠습니다. 10분을 넘게 훌라후프를 돌리면서 어느결에 익숙해졌는지 드디어 220번 완성합니다. 태어나서 처음으로 최대치를 성공한 겁니다.

그동안 운동에는 재능이 전혀 없고 몸매도 받쳐주지 않는데, 왜 그리도 격에 맞지 않게 관심은 많았는지요. 도전해서 성공한 것보다 실패한 활동이 거의 전부입니다. 에어로빅해서 발목 다치고. 고전무용은 실컷 돈 쓰고도 별 볼 일이 없었고. 배구해서 어깨와 손가락이 골절되고 여러 종류의 댄스도 시들시들. 아는 것도 완성된 것도 없이 끝냈습니다. 등산만 하면 숨이 차서 아예 입을 열고 쌕쌕거리며 오르는 수준입니다.

그래도 운동이 좋고 어느 모퉁이라도 발견하면 달려가고 싶은 것은 무슨 조화 속인지. 씩씩하게 훌라후프도 완성하고 석갑산에서 숙호산까지 부지런히 산길을 걸으며 바라보면 숲 사이사이로 도란도란 머리를 맞댄 도시의 풍경이 정겹습니다. 6시에 출발해서 붉은 석양이 장엄하게 가라앉는 것까지 지켜보다가 샛별이 길을 밝힌다고 성급하게 나서는, 도시가 어스름에 잠기는 8시 반쯤에야 산행이 끝납니다.

산에서 내려와선 지압 보드가 있는 남강 변으로 장소를 옮겨 다시 40분 남짓 발바닥을 꾹꾹 누르며 구석구석 눌어붙은 피로의 찌꺼기들을 쏟아냅니다. 발의 기능이 활성화되는 것이 건강의 지름길이라고 지압장의 선전 구호는 요란합니다.

강변의 가로등이 노랗게 맴을 돌다 건너편 망진산 자락에 보름을 재촉하는 둥근 달까지 덩실 떠올라 죽자 살자 매달린 때늦은 운동 마니아를 굽어보며, "살 만하니? 쓸모없는 육신보다야 나은 선택이지만 지나치지 않겠니?" 묻습니다. 괜찮다고 대답해 줍니다. 충분히 즐겁다고 말입니다.

살랑살랑 강바람이 불고 은빛 달빛을 가득 실은 남강 변에 누워 달빛과 별빛으로 깨끗하게 목욕하며 하루의 열기를 천천히 식힙니다. 여름은 참 좋은 계절입니다. 충분히 땀 흘리는 것을 즐길 수 있고, 늦은 시간까지 야외 활동도 할 수 있으니 '메뚜기 한 철 잘 놀아야지.' 하는 생각이 절로 납니다. 올여름은 여름답게 뜨겁게 지내볼 참입니다.

(2008. 7.)

납작만두

음력 열사흘, 달 밝은 봄밤 연분홍 강바람이 훈훈합니다. 강변에 늘어선 아름드리 벚나무들이 다투어 피워 올렸던 꽃잎이 눈처럼 하얗게 떨어져 내려앉습니다. 저녁 산책을 마치고 집으로 들어오는 길모퉁이에서 작은 만둣가게를 발견했습니다.

간단한 군것질거리를 파는 곳인데, 납작만두 가게라고 새로운 이름으로 들어가는 문 앞에 멋지게 사진까지 찍어서 선전하고 있습니다. 무슨 맛일까요. 납작만두 사진을 바라보며 중학교 시절 동생이랑 즐겨 사 먹었던 만두를 떠올립니다.

거제리의 기차역과 가까운 노점 만둣가게에서 먹어본 만두랑 닮았습니다. 납작만두가 잡채만두와 똑 닮아 무조건 가게 문을 밀고 들어가서 주문을 했습니다. 열 장의 납작만두가 이천 원이라고 합니다. 주인이 미리 만들어 놓은 납작만두를 통에서 꺼내어 데우는 장면을 바라보며 마음은 훌쩍 내달려 거제리의 낡은 노점상 앞에 앉아 있습니다.

밀가루 반죽을 잘 휘저어 한 국자 철판 위에 얹습니다. 지글지글. 국자 등으로 밀어내면서 동그랗게 전병을 굽다가 반쯤 익을 즈음 양념한 당면을 전병 위에 얹습니다. 반으로 접어 반달처럼 모양을 잡아 뒤집으면 완성되는 만두입니다. 미리 만들어서 데워주는 만두가 아니라 그때그때 손님이 오면 구워주는 즉석 만두였습니다. 말랑말랑하고 도톰하게 구워진 밀전병 한 장을 접시에 올려놓고 파를 송송 썰어 넣은 양념간장을 살짝 바르면 간단하게 한 끼 요깃거리가 되는 당면 만두였습니다.

한 장에 오 원이니 두 장, 십 원만 내면 형제가 따뜻하고 고소한 즉석 만두를 배부르게 먹을 수 있었습니다. 동생이 가장 좋아하는 음식이 만두였기에 많이 사 먹곤 했습니다. 만두만 보면 시인이 되고 싶어 하던 동생 생각이 납니다.

늦게 학교를 마치고 저녁을 먹기도 어중간한 시간이면 둘이서 동해 남부선 기찻길 옆 노점에서 뜨거운 만두를 먹으면서 큰소리를 내지르며 달려가는 기차를 바라봤던 기억이 납니다.

그 아스라하고 포악한 기적 소리처럼 날카로운 동생의 죽음은 배신이었고 상처였습니다. 쉰이 넘어도 치유되기 어려운 등딱지에 딱 달라붙어서 결코 떨어지지 않는 상처입니다. 예순이 되고 일흔이 되어도 떨어져 나갈 것 같지 않은 더께, 슬픈 기억의 각질입니다.

동생이라는 상처는 내 몸을 이루는 잉크 빛 그림자이고, 詩心이고, 수없이 되풀이하는 그리움입니다.

데워진 납작만두를 사 들고 집으로 돌아와서 작은 접시에 담고 간장을 끼얹어 기대에 부풀어서 한 입 쓱 베어 먹었습니다. 딱딱하고 질긴 밀가루 전병입니다. 당면이 들어있지 않은 만두였습니다. 갓 구워 부드럽고 고소한 맛이 나는 만두가 아니라 껍질이 질기고 묵은 기름 냄새가 풀풀 나는 만두라서 봄밤의 기억이 갑자기 어두워졌습니다. 봄밤에 납작만두를 네 개나 먹고 꿀꺽 소화제 한 알까지 덧보탭니다.

만두와 함께 나타나는 동생의 기억이 앞으로는 맛있는 기억으로 되살아나면 좋겠습니다. 상처 입고 상처를 주는 만두가 아닌 치유의 만두를 손수 빚어보고 싶습니다. 말랑말랑하고 촉촉한 만두, 갓 구워서 고소한 만두를 통통한 당면 속을 넣어서 만들어보고 싶습니다.

동생이 만두로 기억된다면 나는 어떤 음식으로 기억되어질까 궁금합니다. 납작만두는 내게 와서 상처뿐인 기억이었다가 시인의 모태였다가 주절주절 주홍빛 넋두리였다가 쉬어가는 그리움이 됩니다.

(2011. 4.)

김치전

창밖엔 후드득 갑자기 봄비가 내립니다. 오후부터 황사가 뿌옇고 바람의 기세가 요란하더니 돌풍과 소나기가 한꺼번에 들이닥쳐 난리가 따로 없습니다. 우중충하고 을씨년스런 이런 날씨는 정이 더욱 그리운 법입니다.

따뜻한 구들장 아랫목에 겨우내 비비고 밟았던 낡은 무명 이불에서 풍기는 편안하고 넉넉한, 가족들 냄새와 노릇노릇 잘 익은 뜨거운 김치전이 생각납니다.

할머니는 오늘처럼 갑자기 봄비가 오는 날이면 무쇠 솥뚜껑을 뒤집어 놓고 아끼는 기름을 살짝 발라 두텁고 널찍한 김치전을 구워주시곤 했습니다. 얼굴보다도 더 넓은 김치전 한 장이 접시에 놓이는 순간, 태풍이라도 후다닥 지나간 듯이 손가락들이 춤을 추고 허전한 빈 접시만 입맛을 다십니다. 아직 묵은김치라도 남아있는 봄날의 별미였습니다.

짭짤한 할머니의 김치전. 그때는 모든 음식이 짜야 맛이라고 생각했는지. 가난해서 짜게 먹었는지. 동해 바닷가 궁벽진 어촌 마을의 봄바람은 늘 무서운 존재였습니다.

갑자기 일기가 불순한 것은 일기 예보자의 탓이 아니라 불안한 대기층이 서로 부딪치는 현상이라, 언제 어디서 발생하는지조차 컴퓨터 시대인 지금도 정확하게 예측할 수 없다고. 뉴스 진행자는 목에 힘을 주고 전국파로 방송을 해댑니다. 봄바람은 누구의 탓도 아니라고. 자꾸 옆으로 또 그 옆으로 책임을 전가할 누가 있었으면 좋겠습니다.

봄바람은 어디로 흘러갈지 아무도 모른다고 합니다. 그날의 할머니는 바닷가를 휘돌고 가는 심술 난 봄바람을 잠재우는 대신에 봄날의 허기로 날뛰는 손자들을 고소한 입맛으로 잠재우셨나 봅니다.

우릉 우르릉 천둥소리조차 힘을 보태고 흔드는 날 짭짤한 기장 김치 맛이 그립습니다. 멸치를 잔뜩 넣어서 색깔마저 시꺼먼 김치, 간장에 절인 무짠지만큼 쪼그라들고 허물거리는 김치를 숭덩숭덩 썰고. 부엌 한켠에 고이 묻어둔 대파를 어슷어슷 썰어서 누런 봉지 밀가루를 쏟아붓고 손으로 주물럭거리며 반죽한 김치전입니다.

할머니의 마음이 녹아있는 김치전이라서 더 맛이 있었는지 돌아서면 배고플 성장기라서 맛이 있었는지…. 아무리 먹어도 질리지 않는 김치전을 비만 오면 구워 먹겠다는 다짐은 커가면서 잊어버렸습니다.

할머니가 돌아가시고 요즘의 아이들은 김치전보다 피자를 좋아하다 보니 혼자 먹자고 수선을 피우는 일도 귀찮아져 꽤 오래전부터 김치전을 잊고 있었습니다. 오후부터 교통사고 난 오른쪽 어깨가 흐릴 것이라 일기예보를 하고 황사가 무서워 운동도 생략한 채 쫓기듯 집으로 돌아와선 불현듯 김치전이 생각나 할머니처럼 굵게 숭덩숭덩 썰어 전을 부칩니다.

짭짤한 바다 맛, 따습던 할머니 맛이 날까 해서 기름을 듬뿍 붓고 센 불에 부쳐 내지만 그날의 맛은 영 아닙니다. 조미료가 없어서일까요. 할머니 정이 제일 강력한 맛이고 확실한 조미료였나 봅니다. 오늘처럼 봄비가 처량하게 추적거리는 날은 정이 더욱 그립습니다.

흩어진 누구라도 가족으로 모시고 김치전을 나눠 먹고 싶습니다. 콩 기름내 나는 김치전을 쭉쭉 찢어서 한 입씩 밀어 넣어 주면 묵은 정과 새 정이 새록새록 솟아나겠지요.

(2007. 3.)

고구마 줄기

오후 4시 40분, 칼 퇴근을 하면서 곧장 읍내에 있는 상설시장으로 향했다. 전업주부를 아직 1년도 못 채운 상황이라 집안일 자체가 난이도가 높다. 지난 일요일은 맛있게 감자수제비를 만들어 준다고 큰소리치며 열심히 선전까지 마쳤는데 결과는 부엌칼로 손가락을 길게 베이는 것으로 끝이 났다.

"무슨 수제비. 제발 가만이라도 있지."

"엄마는 의욕이 지나쳐서 손가락까지 냄비 속에 넣을 작정이야."

요리를 멋지게 만들겠다는 허언의 꼬리를 슬그머니 감추고 손가락에 훈장처럼 대일 밴드를 붙였다. 세수는 고무장갑을 한 손에 끼고 열심히 씻었더니 코끝에 발갛게 물집까지 잡혔다. 고무장갑의 표면이 거칠었던 거다.

이래저래 사고만 치고 일은 제대로 못한 주부 점수를 만회하기 위해 지갑 하나만 달랑 들고 휘적휘적 시장을 들어선다. 추석은 가까이 다가오는데 시장은 한산하다.

태풍의 끝자락이라 제대로 모양새를 갖춘 채소도 없고 그저 시들하게 비틀린 대파 몇 단, 상처로 얼룩진 가지, 동글동글 굴러가는 감자와 양파, 제상에 오르기에는 너무 작은 생선들. 사고 싶다는 자극이 없는 한산한 골목을 눈으로 레이저를 쏘아가며 관찰을 한다.

야! 푸르다. 시장 안에서는 제일 싱싱하게 푸른빛을 내는 고구마 줄기들이 진열대 위에 손님을 기다리며 추파를 보낸다. '잎이 크고 푸르며 줄기가 붉은빛을 내는 고구마 줄기를 사야 한다.' 시어머니의 말씀이 귀에 쟁쟁하다.

"한 단에 얼마에요?"

"껍질을 깐 것도 삼천 원, 안 깐 것도 삼천 원이요."

붉은 껍질의 유무와 관계없이 가격은 삼천 원인데, 문제는 그 양에 있다. 껍질이 붙어있는 것은 수북하게 한 묶음인데 껍질을 벗긴 고구마 줄기는 붉은 대야에 반쯤 담겨 있다.

"고구마 줄기는 껍질 까는 것이 어려워요?"

"뭘요. 쉬워요. 그냥 한 단 사가시구려."

그 말에 용기를 얻고 용감하게 푸른빛이 완연한 고구마 줄기 한 단을 샀다. 검은 쌀, 보리쌀, 좁쌀, 찹쌀현미, 율무를 조금씩 섞은 잡곡들과 통통하고 씨알이 굵은 감자, 연분홍 속살을 내민 홍합. 키 작은 조생종 부추와 얼룩무늬 가지까지 두루 초대했다.

제대로 오늘 저녁에 채소 요리를 해보리라. 요리를 잘하려면 꼭 필요한 삼박자가 있어야 한다. 첫째는 요리를 해보겠다는 요리사의 적극적인 의지. 둘째는 신선하고 다양한 식재료. 셋째가 가장 중요한데 맛있게 먹고 덕담을 마구 쏟아줄 착한 이웃이다. 무겁게 시장에서 집으로 공수한 재료들을 옮기고 제일 먼저 하는 일은 후배에게 전화하는 거다.

"얘 퇴근 후 뭐하니? 퇴근하고 곧장 우리 집으로 와. 같이 밥 먹자."

"오케이."

감상자는 준비되었고 후다닥 부엌으로 달려가서 부추부터 씻는다. 나의 최고 식도락은 부추전을 노릇노릇하게 부쳐 먹는 일이다. 부추의 반은 숭덩숭덩 썰고 반은 나물용으로 남겨 둔다. 껍질을 벗긴 양파를 얇게 썰고, 청양고추는 칼을 눌러 다다다, 다지고 계란 한 알 투하, 신선한 홍합을 샀지만, 일단은 내일을 위해 참는다. 밀가루에 정수기 물 두 컵, 부추, 달걀, 양파, 고추를 넣고 멸치액 젓을 넣어 밑간한다.

신선한 해물을 못 넣을 경우 국간장이나 소금이 아닌 바다 냄새가 물씬 나는 액젓을 사용하는 것은 바다가 고향인 탓이다. 멸치젓갈로 유명한 고장 출신의 친정할머니나 엄마의 흔적이다.

다음은 냄비에 물을 부어 끓을 동안 가지를 적당한 크기로 잘라

소금물에 담가 두고. 마늘과 청양고추를 다져서 가지나물과 부추나물을 만들 속 재료를 준비한다.

끓는 물에 부추를 먼저 데치고 그 물 위에 삼발이 찜 채반을 올려 소금에 담가둔 가지를 올려 쪄낸다. 부추는 차가운 물에 헹궈 물기를 꼭 짜고 가지는 가볍게 익혀서 열을 식힌다. 그릇 두 개를 준비해서 부추와 가지를 넣고 참기름, 간장, 다진 고추와 마늘을 넣고 부추는 힘껏 조물거리고 가지는 숟가락으로 슬쩍 저어주며 나물 요리 끝.

다음은 감자 된장국이다. 멸치 여덟 마리 새우 여덟 마리 다시마 세 조각과 된장을 넣어 푹푹 끓이다가, 통통한 감자를 넣고 양파와 고추 말랑말랑한 두부까지 호쾌하게 낙화시키고 뚜껑을 닫는다. 후배가 좋아하는 메뉴는 감자샐러드. 씨알 굵은 감자를 네 조각을 내서 달걀 두 개와 함께 냄비에 투하시키고 소금을 조금 뿌린다. 절대 달걀 따로 감자 따로 삶지 않고 조각낸 감자다 보니 달걀이 익는 속도로 쉽게 익는다. 양파를 썰고 붉은빛의 대명사 당근을 준비, 익은 감자와 달걀은 숟가락으로 꾹꾹 누르고 마요네즈를 넣고 쓱쓱 비빈다. 노란 계란알과 붉은 당근 조각이 식감을 물씬 불러일으킨다.

해동한 생선을 팬에 올릴 쯤 딩동, 드디어 오늘의 감상자가 나타났다.

"오늘은 또 뭘 준비하셨는데, 그래요."

후다닥 또 하나의 팬을 꺼내서 준비한 부추전을 굽는다. 뭐니 뭐니 해도 음식은 적정한 온도이다. 따끈따끈한 맛, 꼬들꼬들한 맛, 아삭아삭한 맛, 이런 식감이 우선돼야 한다.

서둘러 상을 펴고 노릇노릇 부쳐진 부추전, 기름지게 구워진 민어조기, 보랏빛의 가지나물, 연초록 부추나물, 색감을 자랑하는 감자샐러드, 두부가 동동 뜨는 감잣국, 솔솔 김이 나는 현미밥이다.

"우와!"

갑자기 어깨가 으쓱해진다.

"이것 다 하는데 한 시간밖에 안 걸렸다."

"인제 다시 시집보내도 되것소."

칭찬을 한 다발이나 받고 저녁식사를 마쳤다.

"저녁을 과하게 먹었으니 운동이나 갑시다."

강변을 두 시간 산책하고 지압장을 한 시간을 돌고 나니 벌써 11시다. 늦게 돌아와 세수하고 돌아보니 파란 잎들이 싱크대 한쪽에 누워있다. 참 쟤들도 있었지. 잎이 시들면 잘 까지지 않는다고 했으니 지금이라도 까야겠지. 한 시간만 투자하면 되겠지 뭐. 참으로 편안한 발상으로 출발했다.

신문지를 깔고 고구마 줄기와 쟁반을 올려놓고 TV는 드라마로 화면 고정. 평소에 운동 간다고 못 본 드라마를 즐겁게 감상할 목적으로 시작했는데, 문제는 껍질이 쉽게 벗겨지지 않는다는 거다. 처음부터 옷을 못 벗겠다고 버티는가 하면 줄줄 타고 내리다가도 가운데서 뚝 끊기기도 한다. 고구마 줄기 하나를 붙잡고 몇 분씩 씨름하니 한 시간이 후딱 지나가고 12시를 넘긴 시각에도 고구마 줄기는 줄어들지 않는다. 내일 아침엔 민요를 가르쳐야 하니 일찍 자서 성대를 보호해야 하는데. 붉은 고구마 줄기가 눈을 부릅뜨고 지켜보고 있으니….

아이고 어깨야. 무슨 고구마 줄기는 그냥 삼천 원 주고 껍질 벗긴 것을 사 올 걸. 내일로 미룬다면 껍질을 고사하겠다고 버틸까 봐 끝날 때까지를 외치면서 벗겨나간다. 등줄기가 담이라도 결린 듯이 묵직하게 내리누르고 눈은 자꾸 비벼서 가려워진다.

도대체 언제까지야. 새벽 3시가 넘어서야 겨우 껍질 벗기기가 끝났다. 끓는 물에 살짝 익히고 나니 4시다. 정리를 마치고 자리에 누웠는데, 눈은 말똥말똥하다. 언제 자냐.

손가락 세 개가 검붉은 흙빛이고 손톱 밑이 때라도 낀 듯이 새카맣다. 일어나 학교 가야지. 방문 앞이 요란하다. 후다닥 눈만 비비고 학교로 달려가서 아침부터 민요를 가르친다. 고음 부분은 갈라져서 흔들리고 저음 부분은 제대로 들리지도 않는다. 그나마 다행이라면 진주난봉가라 부르기엔 별 난이도가 없다는 정도. 고구마 줄기 나물은 어떻게 만들어? 주부 7개월 차 선배가 13년 차 후배에게 길을 묻는다.

"삶은 고구마 줄기를 적당한 크기로 잘라서 기름을 두르고 조갯살과 함께 달달 볶아요. 청양고추랑 마늘, 국간장은 당연히 동참시켜야지요."

"어젯밤에 고구마 줄기 껍질을 깐다고 새벽 4시까지 잠 못 잤더니 노래가 안 돼."

"무슨 그런 일을." 후배는 배를 잡고 깔깔거린다.

"선배, 절대로 고구마 줄기는 까지 마세요. 그것도 기술인데요. 식구도 없는 분이 잘 삶아 놓은 고구마 줄기를 사서 드세요."

고구마 줄기 덕분에 오후 내내 시들시들 누렇게 뜬 파처럼 몸이 축 늘어진다. 겨우 마음을 다잡고 달려가는 초보자를 단단히 훈련을 시킨다. 그래 앞으로는 다루기 어려운 재료는 쉽게 사다 먹는 것으로 통과.

어제 사 온 연분홍 홍합 조갯살과 청양고추, 마늘을 잘게 다지고 냄비에 고소한 참기름을 넣고 볶다가 말 많은 고구마 줄기를 뭉텅 잘라 넣는다. 보글보글 맛있는 냄새를 풍기며 연초록빛 고구마 줄기 나물이 완성돼 간다.

매콤한 청양고추의 향과 칼칼한 맛. 시원한 홍합의 바다 맛이 부엌을 가득 채운다. 부엌은 때늦은 늦깎이 주부의 뜨거운 훈련장이다.

(2012. 9.)

걱정

커다란 걱정이 있거나 병이 있으면 자잘한 일상사의 걱정은 없어진다. 큰 빛에 의해서 작은 빛들이 힘을 잃고 마는 것처럼. 작년, 재작년 연이은 고3 엄마 노릇을 할 때는 오히려 일상사가 단순 명료했다.

자고 나면 학교 보내는 일이 꼭두새벽부터 과제였다. 늦은 밤 학원 문 앞에 차를 세우고 모자라는 잠을 꾸벅거리는 것이 필연의 활동이고 보면, 엄마인 내가 속이 아프거나 운동이 부족해서 팔다리가 결리는 불상사는 감히 표면으로 떠오를 용기조차 못 내는 긴장 상황이었다.

어떻게 하면 대학문 안으로 잘 밀어 넣어 주나. 대학은 제가 가는데 못 밀어주면 부모 탓인 것 같아서 결국은 내 몫의 걱정이라곤 하나도 없었다. 아이 둘 모두 대학으로 무사히 쫓아 보낸 후로는 기다렸다는 듯이 우후죽순처럼 여기저기서 걱정들이 생겨나기 시작한다.

몸이 드디어 제 차례가 온 줄 알고 아픈 자리를 매일 바꾸면서 나타나고. 복에도 없는 돈 걱정은 저만치 먼지를 풀썩거리며 앞서 달려가고. 퉁퉁 불어난 살들이 집을 가득 메우다가 결국은 기도 의식까지도 비만으로 침몰하게 한다.

이번 겨우내 기분은 늘 우울하고, 불어 터진 몸을 끌고 다니는 일이 힘겨워 전혀 신명이 나지 않았다. 제주도 애월 해안에서 점점 붉어지며 부글부글 끓어오르는 노을 속에서 내 몫으로 들끓는 욕망과 억압의 고리를 보았다. 한라산을 하얗게 품고 앉은 신할머니의 수다스런 꾸중 속에서 어미 노릇으로 누렇게 절은 피로들을 보았다.

지리산 계곡에서 남해 앞바다까지의 여행도 애써 동참해 보았지만 지쳐서 퍼져 버린 구체적 이유를 몰랐다.

어제는 함안에 있는 원효암에 작정하고 올랐다. 의상대사와 원효대사의 영정 앞에서 급속도로 가라앉아 제 자리를 찾는 일이 참 어렵다고 불퉁거렸다. 도무지 방향이 잡히지 않고, 편안하게 앉아 쉴 곳이 없다고….

춤을 출 때 땀을 뻘뻘 흘리며 춤을 추어라. 노래를 부를 때 신나게 노래 불러라. 춤을 추다가 자신을 살피면서 왜 내가 춤을 추지? 내가 춤을 추는 것이 과연 옳은 일일까 생각하고. 노래 부르다가 혹시 남들이 못 부른다고 흉보지 않을까 이대로 좋은가, 생각하다 결국 너는 춤추지 않았고 노래를 끝까지 부르지도 못했다.

넌 하나도 한 일이 없다. 정작 한 일이 하나도 없으면서 넌 네가 한 일들을 두려워한다. 네가 한 일이 대체 무엇이냐. 아무 일도 하지 않아서 두려운 것이냐? 이렇게 물으신다. 내가 한 일이 대체 무엇인가?

자신을 두려워하고 거부한 일, 스스로를 믿지 못해서 방황한 일. 나답지 못한 일들만 생각하고 실천하면서 오히려 사려 깊다고 믿었고 자신을 두려움에 묶어서 떨게 했다. 영혼은 살자고 몸부림치며 통통 부풀어 올랐음이다.

춤출 때 온몸을 던져서 춤추라. 노래할 때 즐겨 노래 불러라. 춤추기가 끝날 그날이 있을 것이고 노래 부르기를 멈출 날이 올 것이다. 한 일 없이 걱정하면서 자신을 두려움 속으로 내몰지 말고, 왔다가 가는 것들의 아름다움을 잘 지켜보아라.

준엄한 꾸중을 듣고 나서 부글거리며 괴어오르던 속앓이의 실체를 알았다. 자신을 바라보는 것이 두려웠음이다. 늘 주변에 가려져 있고 주변을 우선해서 자신을 바라보기를 회피하다가 정통으로 만날까 봐 두려워한 거다.

장식 없는 맨 얼굴의 자신이 두려웠음을 자인하고야 평화가 찾아온다. 오늘 부풀어서 동그란 날 보았다. 살자고 허우적거리며 깨어나는 나를 보았다.

(2007. 1.)

77번 국도

통영 교육청에서 주최하는 전통문화 연수를 마치고 무더위의 마지막 날 통영 바닷가를 찾게 되었다. 평소에는 자주 가고 싶다는 마음뿐이었고, 윤이상 음악제만 해도 그림의 떡이었다.

25년 지기 친구 덕분에 통영 앞바다를 실컷 보게 되었다. 오전 3시간 동안 우리 음악의 역사를 훑다 보니 정작 제대로 정확하게 인지시킨 것은 없고, 약장을 열어서 다양한 알약들만 구경시키다 만 것 같아 안타깝다.

좀 더 긴 시간 차분하게 조곤조곤 함께 배우고 가르칠 수 있는 기회가 있다면 좋겠다. 얼렁뚱땅 뛰고 굴리면서 좁은 음악실에서 오전의 강의를 끝내고 드디어 집으로 출발. 광도에서 고속도로로 진입하는 옆으로 창포 가는 길이란 작고 낡은 나무 표지판이 하나 서 있다. 신경을 쓰고 잘 쳐다보지 않으면 쉽게 지나쳐 갈 흐릿한 표지판이다. 큰 길이 아니라 2차선 도로로 진입, 우회전해서 작은 다리 하나를 건너고 나서 드디어 바다 쪽으로 난 길을 만나게 된다.

5년 전 동백이 화사하게 핀 2월 말. 마산 진동에서 출발하여 이 길을 따라 지나갔던 기억을 떠듬떠듬 더듬어가며 간다. 광도는 매립이 완성되어 쭉쭉 뻗은 넓은 도로며 건물들. 예쁜 신설 학교에 이마트까지 떡하니 버티고 섰다. 안정공단에는 두 개의 조선소가 들어서고 빽빽한 공장들의 군락지로 변해있다.

자그마한 언덕배미를 돌 때마다 불쑥불쑥 나타나던 새파란 어항 속 같은 작은 마을들은 파도가 태풍을 몰아서 꿀꺽 삼켜 버렸는지 흔적도 없다. 조선소가 들어서면서 작은 포구들이 시멘트 마당 속으로 홀라당홀라당 숨어들었나 보다. 밋밋하게 넓어지고 편안해진 길만큼 심심한 8월의 마지막 금요일 오후 햇살이 따갑다.

간간이 지나가는 공사 차량이 내뿜는 먼지와 더위에 지친 마을은 다리를 쩍 벌리고 졸고. 오후의 노란 태양을 꼭꼭 잘 삼켜 먹은 벼 이삭이 누렇게 익어가고 콩 이파리도 노릇노릇, 깨꽃은 하얗게 웃는다.

창포, 거류를 지나 당동 바다를 끼고 마산 방향으로 진행하면 바다 위에다 누가 바둑대회라도 열었는지. 푸른 도화지 위 빼곡하게 하얀 부표가 바둑알로 집이라도 지을 듯이 반듯하게 줄을 섰다.

동해를 진입하는 초입 거리 노점 앞에서 잠시 차를 세우고 졸린 오후를 떨칠 겸 뜨거운 커피를 한 잔 시켜놓고 올해 쉰네 살이라는 부산 남성여고 출신의 주인과 무료한 오후를 함께 나누었다.

길은 넓어지고 목이 긴 항아리 속 갯마을은 시조 속으로 사라져 버렸지만, 칡뿌리처럼 단단히 세상을 감고 버티어 준 이웃을 만나 세월의 질곡을 슬쩍 넘긴 이야기. 이제는 웃으며 쏠 수 있는 전설을 들었다.

이만큼 땀내고 살아온 덕분에 고단한 삶을 이기고 이제는 돌아와 칭찬을 기다리는 늙은 누이의 모습 당당하게 낡아가는 어머니의 모습을 얻었다. 그래 저만치 앞서간 여인들의 짙은 혈 향기 속에 내 몫의 기다림도 남아있겠지….

시조 〈창포 가는 길〉을 쓸 무렵의 나는 무엇인가를 얻고자 한 것이 아니었다. 잊어보자고 지워보자고 구불구불 그 바닷길을 구름을 달고 달리다가 작은 갯마을에 풍덩 빠졌었다. 물레방아를 돌리면 뽀글뽀글 동그란 거품을 품어 올리는 목이 긴 파란 어항 하나를 꼭 갖고 싶었다.

잊어야 하는 것이 아니라 잊혀지는 것이요. 지워야 하는 것이 아니라 스스로 조금씩 지워져 절로 바래지는 것이란 걸 그때는 몰랐었다. 생살을 베어내듯이 길게 금을 긋고 이만큼이야. 이쯤이 끝이야. 생활에 묻혀서 담담해지면 되는 거야. 굳이 자르거나 애써 붙이지 않아도 좋아. 그대로 그렇게. 이대로 이렇게. 낡아가는 노점

탁자에 놓인 식어버린 커피 맛만큼 씁쓰레한 진실을 지리멸렬한 오후의 졸음 끝에 얻었다.

77번 국도엔 이제 줄줄이 동백꽃 등을 켠 작은 어항은 없어도 쉰을 훌쩍 넘긴 지혜로 말갛게 웃을 줄 아는 여인이 있어 새로운 기다림의 줄을 잇는다. 지치고 지루한 여름 한낮을 함께 보내며 내 그리움을 대신 울어준 여인은 낡은 트럭 위에서 커피 한 잔에 하나씩의 이야기를 만들며 바다를 닮아가고 있었다.

그녀 속에 내 바다가 출렁거리는 걸 바라보며 77번 도로는 진동을 향해서 계속 달리고 넓어진 도로만큼 한산하다. 심심해진 바다도 낮잠에 빠졌는지 조용하다.

　　창포 가는 길엔 가로등은 없어도
　　동백이 붉은 꽃등 줄줄이 엮었더라
　　외줄긴 빈 바닷길에 목을 빼고 섰더라

　　바다도 호수같이 잠만 자는 동해면
　　갈대들만 술에 취해 온몸을 비비는데
　　항아리 물병 속 같이 그려놓은 갯마을

　　또옥 똑 노크하고

손 내미는 날 두고

올동백은 잇몸까지 드러내고 웃더라

마흔 살 숨 가쁜 고개 넘었는데 버얼써

올봄에도 못다 한 말 동백처럼 붉어서

77번 국도 위를 구름 달고 달려간다

구겨서 툭 던져 놓고 이름 하나 잊는다.

                              −졸시 〈창포 가는 길〉 전문

(2007. 8.)

칠 년의 시간

드디어 칠 년을 정리하는 행사를 마쳤다. 칠 년이란 큰딸이 고3 이던 무섭고 암담해서 한 치 앞도 보이지 않던 무렵, 운명을 거슬러 보겠다고 용광로의 숯불이 이글이글 발열을 시작하던 지점까지 거슬러 올라간다.

활활 타오르는 불꽃 위의 칠 년 동안 무엇을 했는지. 얼마나 철저하게 어리석었는지. 아이들은 어떤 대학을 선택해서 졸업했는지. 그날에는 몰랐던 세월의 베일이 콩깍지처럼 하나, 둘 벗겨지고 지금이 되었다.

아무런 준비는 없지만, 앞만 보면 길이 보일 테지. 허둥거리며 달리기만 한 시간들. 진양호 산자락을 태우는 가을 노을같이 붉었던 시절이다.

멈추면 넘어진다. 제자리에 가만히 앉아 쉬는 것은 공멸이다. 부지런히 채찍을 휘두르며 숨이 턱에 닿도록 달리는 일. 뒤돌아보면 아슬아슬 물개의 곡예를 보듯이 비틀거리는 길이었다.

'다시 가라면 나는 못 가네. 마디마디 서러워서 나는 못 가네.'

류계영의 노랫말처럼 다시 돌아가라면 못 갈 것 같은 시간과 길이었다. 큰딸은 본인이 원하던 홍대 미대에 입학해 초등학교 시절 단짝이었던 서울 친구 집에서 첫출발을 시작으로 자취, 합숙, 기숙사 생활까지 이사를 해마다 반복하며 일곱 번의 옮김 끝에 졸업했다.

학부를 졸업하고 유학을 못 가는 학생들을 위해 만든 영어권 수업을 하는 특수 대학원에 가장 어린 나이로 입학을 했고. 핀란드 옥토 디자인대학에 교환 학생으로 한 학기를 다녀왔다. 디자인 견문을 넓히기 위해 미국과 일본의 박물관 여행을 두 달 정도, 유학 기간 중 유럽의 여러 곳을 여행하다가 돌아왔다.

큰딸의 여행과 유학까지를 책임질 만큼의 여력이 없는 부모여서 늘 안타깝고 부끄러웠지만. 그때마다 눈먼 돈이 생기거나 유리한 대출을 하고 그도 저도 안 되면 시험에 합격하고. 장학금을 받는다는 사건들이 나타나서 겨우겨우 그 사태를 해결해 낼 수 있었다.

힘에 부쳐서 포기하고 싶을 때마다 고마운 이웃들이 나타나 시퍼렇게 흘러가는 강을 무사히 건너는 노둣돌이 되어주었다. 제 복은 제가 타고나고 제 그릇대로 산다는 어른들의 격려처럼. 공부에 관심이 많은 딸은 늘 공부하는 주변에 머물고. 지금은 베이커리 해태에서 직장생활의 첫발을 내디디고 있다.

막내딸은 큰딸과 14개월 차이가 난다. 14개월이 몇 년의 차이가 나는 듯이 성장 속도가 느리고 미숙한 탓에 늘 과보호 속에서 공부와는 담을 쌓고 지내다가 가야금을 익히고 배우면서 자신의 정체성을 찾았다.

예고를 선택해 당당하게 입학은 했지만, 예술의 길은 멀고도 험해 여린 손끝에 방울방울 맺힌 핏방울에 가슴 아리며 키웠다. 둘모두 원하는 사립대학에 입학을 시킬 수 없는 입장이라 국립부산대학에 장학생으로 입학을 했고 부산 이모네에서 학교에 다녔다. 대학생이 되고 나서 공부 욕심이 생겨 거문고에 장구, 이론, 칠현금까지 여러 악기를 배운다고 바쁜 학창 생활을 보냈다. 대학을 졸업한 후에는 스스로 공부해서 교육대학원의 음악학과에 합격했다. 대학까지 가는 길목이야 초등부터 준비해 온 엄마의 몫이지만 대학원은 스스로의 몫. 입시생처럼 화성학 과외를 받고 독서실에서 열심히 노력해서 합격했다. 대학원 합격 통지를 받는 순간이 자신의 기억 속에서 가장 행복한 순간이고 엄마의 도움 없이 혼자 할수 있어서 더 행복했다는 감상 후기가 새롭고도 섭섭했다.

2010년부터 초등학교 국악 강사, 부산가야금연주단 단원, 개인레슨과 진주 홈플러스 단체 레슨을 하며 바쁘게 지내고 있다.

교직의 첫걸음부터 음악만 듣고 음악이 직장이었던 삶에 새로운 변화를 모색했다. 어릴 적부터 책 읽는 것이 최대의 취미 생활이었던 습관을 살려 시조에 도전 2005년 진주시조 교실에서 수련을 시작, 1년만인 2006년『시조월드』로 신인상 수상, 2007년『아세아문예』에서 수필로 등단을 했다. 아동지도로는 2006년 35명의 반 아이들이 어린이 시조에 등단했고, 2007년 225명 5학년 전체가 어린이 시조시인으로 등단했다. 2007년부터 어린이 시조집을 만들기 시작, 네 권의 어린이 시조 시집을 출판했다. 협회 활동으로는 2009년부터 진주시조의 사무국장으로 일해 오고 있다.

풍물만 해오던 일상을 풍물과 함께 시조를 덧붙이면서 건강에는 무리가 왔다. 2007년부터 2009년 3년을 잦은 설사와 복통에 시달렸고 2010년 수술대에 드러눕는 사태가 생겼다. 건강은 의지와는 달리 자주 자신의 무기력을 호소하고 있다.

2009년 내 책의 사진을 내가 찍는다는 구호를 내걸고 작은 디카를 구입해 멋모르고 사진에 풍덩 뛰어들어 사진을 찍다가, 2010년 인터넷을 통해 어렵사리 중고 카메라를 구입 본격적으로 사진을 찍고 있다. 2년 동안 대회와 행사 참여 점수를 22점을 따 놓고 있는데 50점이면 사진작가로 데뷔할 수 있다는데, 사진작가가 되는 일은 고려 중이다.

어린 딸들은 성인으로 성숙해 가면서 자신들의 열려진 삶을 향해 열심히 달렸고 부모의 몫, 예술의 삶을 향해 후회 없이 치열하게 투쟁한 칠 년. 그 길의 고비마다 神들의 뜨거운 입김이 확연히 느껴졌다. 현재의 대열에서 낙오되지 않고 넘어지지 않으려는 몸부림이 삶의 축이고, 끈질긴 마음과 함께 안타까운 욕망이 에너지원이었다. 도움닫기 판도 없이 모랫바닥에서 출발해 혼돈의 길을 향해 달려갈 수 있는 무모함의 시간. '神의 의지는 늘 나와 함께일 것'이라는 기도가 유일한 의지처였다. 삶의 모든 곳에서 희망으로 스스로 지탱케 하는 존재이며 나의 행복을 가장 바라는 대상이 神이란 믿음의 시간이었다.

칠 년을 정리하며 오늘이 있도록 이끌어온 神들의 희망과 의지에 감사드리고, 불평이나 투정 없이 함께 걸어준 딸들과 어려움이 있을 때마다 모양을 바꿔가며 후덕한 산타클로스가 되어준 벗들에게 감사하는 시간은 행복이다. 1박 2일 지리산 여행에 함께 참여해준 가족과 벗들에게 티베트 승려들이 스승에게 공경의 인사로 선물하는 흰 명주 수건처럼 기다란 실크 목도리를 선물했다. 그들은 나의 스승이고 내가 섬길 神이었다.

지나간 칠 년을 훌훌 털고 새로운 시간 앞에 다시 빈 몸으로 섰다. 남겨진 시간 남겨진 인연 남겨진 희망 남겨진 과업 앞에….

이월 초하루

짧은 겨울방학이 어영부영 끝나고 학교생활도 일주일. 마의 한 주를 숨 가쁘게 삼키는 중입니다. 겨울방학 동안 한 일이라곤 시조 결산 보고뿐인데, 차가운 기운에 눌려서 메일 한 번 쓴 일이 없었습니다.

학교로 돌아오자마자 방과 후 과목을 세 개나 맡아 아침 0교시부터 민요를 부르고 점심시간에 풍물. 오후 3~4시까지 돌봄 반 풍물지도까지 온종일 국악에 매진하는 것은 좋으나 체력 소모가 심한지 개학 5일 만에 몸살에 목까지 푹 쉬었습니다.

주룩주룩 겨울비가 내리는 오후, 드디어 주변을 살피며 메일을 씁니다. 참 오래 쉬었습니다. 참 오래 입을 꾹 다물고 살았습니다. 참 오래 글을 잊고 책 읽기도 잊고 살았습니다. 다섯 달가량….

지난겨울은 잘 보내셨는지요? 전기선이 합선되는 탓에 한 달을 기름보일러를 끄고 살았고, 시베리아 한랭전선 탓으로 수도관이

파열되어 또 한 달을 물 없이 살았습니다. 세상사를 모르는 남편에게 현실을 적나라하게 보여주기 위한 방편으로 고장 난 것들을 고쳐줄 때까지 기다렸습니다.

도시 한가운데서 철저하게 원시인으로 우뚝 서서 사는 방법은 빨래터와 우물가를 이용하는 것입니다. 일주에 한 번씩 친구 집 세탁기를 빨래터로 이용하고, 세수나 머리감기는 뜨거운 우물가 목욕탕까지 달려가서 해결하기입니다. 드디어 지난 수요일 날 수도관까지 교체를 완료했습니다. 꼭 두 달 만에 이룬 쾌거입니다.

어찌 보면 참 간단한 일이지만, 제대로 집안일을 관리하지 못하는 남편에게는 대과업입니다. 잘했다고 술과 육고기까지 곁들인 저녁을 대접했습니다. 이번 겨울은 그냥 하루를 무사히 사는 일, 마당보다 더 시린 안방에서 느낀 지독한 추위. 빨리 해결하자고 앞으로 나서고 싶지만 꾹꾹 눌러서 참는 일이 투쟁이었습니다.

불평하지 않고 가만히 성장을 기다리는 일이 얼마나 어려운지. 시베리아 한랭전선이 잘 가르쳐 주고 갔습니다. 보일러가 덜컹덜컹 돌아가고 수돗물이 쾰쾰 쏟아지는 일이 범상치 않은 일인 줄 이제 알겠습니다. 지난겨울을 잘 보내셨나요. 유난히 눈이 잦아 하얀 눈도장을 여기저기 찍었는데 혹 보셨나요?

(2013. 2.)

예쁜 여자

요즘은 제가 봐도 예쁜 여자가 한 사람 있습니다. 아무리 들여다봐도 고운 여자가 살며시 웃고 있습니다. 눈빛이 별처럼 초롱초롱하고 볼은 발그스름한 여자입니다. 자주 먼 곳을 바라보고 정작은 아무것도 보지 않고도 별 부딪침 없이 여직 버티고 사는….

세상 조건에 맞지 않는 여자가 거울 앞에서 손짓을 합니다. 전 그 여자를 전혀 모릅니다. 그런데 그 여자는 절 잘 아는 듯이 행동을 해서 제가 오히려 당혹스럽습니다. 저는 모르고 있으니 얼마나 부적절한 초대입니까.

그러나 딱 하나는 나도 동감할 수 있습니다. 아름다운 것이 참 슬퍼 보인다는 사실입니다. 아름다움으로 환하게 빛나 보이는 순간조차 슬픈 것은 그 고운 눈웃음과 볼우물이 아름답기 때문이라고 생각할 밖엔 더 분별하기가 어렵습니다.

그 여자는 스스로 자신이 여자라고 말합니다. 세상 사람들은 외형만으로도 쉽게 남자다 여자다 변별할 줄을 아는데 그 여자는 굳이 여자라고 지칭합니다. 절대의 기준을 여자라고 부릅니다. 함께 살아가는 모든 이들은 남자이며 여자입니다.

그러나 그들은 어느 한쪽의 성향만을 고집하지 않고 양성을 향유하며 적절히 안배하는 능력을 갖고 있습니다. 그러니 그들은 남자이며 여자일 수가 있는 겁니다.

그 여자의 주장을 여자이고 싶다고 분별해야 옳은지, 단어의 의미 그대로 여자라고 해야 옳은지 짧은 머리와 막힌 사고로 알 수가 없습니다. 그 여자가 살며시 손끝을 쥐었다 놓으며 속삭입니다.

나는 여자야….

(2000. 9.)

4부

발을 만지다

발을 만지다

지독한 피로에 절은 발이 있습니다. 종일 땅을 딛고 버티다가 드디어 깐깐한 이성조차 놓쳐버리고 자폭한 자세로 하늘을 향해 고개를 들고 잠이 든 발입니다. 무얼 하며 하루가 지나갔는지 발갛게 부은 발은 아무 말도 하지 않는데, 자꾸 눈에 밟혀서 둔감할 걸, 그랬지 중얼거립니다.

유연제를 대신해서 로션을 바르고 가만가만 문질러 줍니다. 오늘 하루 어떻게 보냈는지. 무엇을 생각했고 무엇에 절망했는지. 무지한 욕심 탓에 얼마나 시달렸는지. 발가락 사이사이를 쓰다듬고 동그랗게 솟아오른 복숭아뼈를 감싸 안아 줍니다. 오목하게 들어간 뒤쪽 발목의 긴장을 위로하고 두터운 발톱에게도 인사를 보냅니다.

참 용감하구나. 오밀조밀 함께 엉겨 붙은 발가락을 하나하나 따로 불러내서 넌 무엇으로 분노했니? 상심의 새끼발가락을 쓰다듬으며 세월이 약이겠지. 대답도 없는 대화는 자꾸만 길어집니다. 붉은 발바닥은 작은 섬처럼 굳은살들로 자신의 의지를 확고히 합니다.

'나 이렇게 외로워하며 섬을 만들지요.'

'오호, 그렇구나.'

작은 섬을 만든 각질을 쓰다듬으며 손톱으로 껍질을 벗겨 줍니다. 한 번으로 끝날 인생도 아니고 수천 겁을 다시 살아야 할 인연인데, 이렇게 티눈으로 들어온 인연이 아파서 자꾸만 쓰다듬게 됩니다.

가만가만 만지는 손길 아래 드디어 발은 얌전해졌습니다. 딱딱한 발바닥이 부드럽게 펴지고 발가락은 구석구석에 숨겨둔 이야기를 주절거립니다. 발이 그 독한 술을 몽땅 다 마신 모양입니다. 뜨거운 물수건으로 발을 감싸고 톡톡, 수고했다고 칭찬해 줍니다. 발가락 사이사이의 먼지를 오래된 놋쇠 제기를 닦듯이 부드럽게 닦아냅니다. 발그스름하게 얼굴을 붉히며 발가락들이 춤을 춥니다.

열 개의 발가락들 사이에서 시원한 바람이 우수수 일어납니다. 지친 오늘을 이기고 내일의 도전에 기꺼이 응전하려는 바람입니다. 몸의 가장 아래에서 소리 없이 오래 버티어준 발이 얼마나 고맙고 어여쁜지. 수고했다고 오래오래 입을 맞춰 줍니다.

봄비를 맞다

　촉촉한 봄비를 맞은 등산로 주변의 가로수들은 뾰족한 새 눈마다 조롱조롱 눈부신 물방울 다이아몬드를 달았다.

　자잘하게 속살거리는 텃새들이 잎을 기다리는 나뭇가지에 내려앉아 비를 맞고 조심성 많은 산비둘기는 갈맷빛 꼬리를 후드득 흔들며 날아오른다. 겨우내 말라비틀어져 새빨갛게 웅크리고 있던 나무딸기들이 오랜만에 말갛게 세수를 하고 그동안 살이 올랐는지 제법 통통하게 붉은 가지를 뻗어내고 있다. 넉넉히 한 달만 기다려준다면 나뭇가지의 뾰족한 가시 사이로 발갛고 달콤한 산딸기가 주렁주렁 달릴 것이다.

　나무딸기밭을 지나 산등성이로 올라서니 도시는 물안개에 잠겨 아직도 늦잠을 자고 있고. 청매화가 오랜 가뭄을 끝낸 봄비가 반갑다고 하얗게 두 손을 벌리고 웃는다. 숲은 지금 매화의 시대이다. 숲 여기저기서 하얗게 얼굴도장을 찍는 청매화, 발그레 소녀의 첫

정情처럼 볼을 붉히는 홍매화에 봄눈을 빼앗기고 만다.

철벅 철벅 물소리를 내며 걷는 산길에 나보다 먼저 숲으로 걸어간 부지런한 산인山人의 발자국이 뚜렷이 찍혀있다. 텃새 소리 산비둘기 소리 딱따구리 소리만 가득한 숲에 나보다 먼저 잠수해서 유영 중인 산인이 있음은 이해의 기쁨, 공감의 기쁨, 나눔의 기쁨이다.

가늘게 내리는 봄비라도 소매 끝자락부터 천천히 젖어 든다. 숲을 두리번거린다고 우산을 제대로 들지 않고 휘돌리며 걸었나 보다. 체육공원까지 올라와도 인기척이 없다. 마을 사람들은 봄비의 자장가 속에서 늦은 봄 꿈을 꾸고 숲은 오랜만에 비를 맞으며 활짝 깨어나서 몸단장하기에 바쁘다.

쪼르르 장끼 한 마리가 나무 계단을 타고 등성이를 올라간다. 그 뒤를 따라 엄마 까투리가 나타나더니 통 통 통, 작은 꺼병이들이 가족 소풍이라도 나온 듯이 줄줄이 따라 나온다. 구경꾼 하나 지켜보는 거야 두려울 것이 없는지 뒤뚱뒤뚱 살찐 엉덩이를 흔들며 나무 계단을 타고 유유히 언덕을 넘는다. 봄비를 맞는 숲은 장끼 가족의 놀이터이다.

손님이 없는 운동기구들이 비옷도 없이 봄비를 맞고 커다란 훌라후프들은 가지 끝에서 물을 뚝뚝 흘리며 매달려 있다. 수건으로 쓱쓱 물을 닦아서 오른쪽으로 500번, 왼쪽으로 500번 숫자를 불러가며 돌리고 나니 허리 부분이 서늘하다. 빙글빙글 도는 봄비를 허리가 감싸 안고 돌다가 축축한 봄을 낳는다. 머리만 감추는 낡은 우산은 저만치 던져버리고 질금질금 비를 맞고 걷는다. 봄비는 벌써 제 길을 만들었다. 작은 도랑을 타고 졸졸거리며 낮은 곳을 찾아서 흘러간다. 웅덩이를 만나 빙글빙글 신나게 맴을 돌다가 몸을 낮춰 달려가는 물줄기의 충실한 나들이로 숲은 어수선하다.

머리끝에서 발끝까지 촉촉이 젖어서 산길을 내려온다. 봄비는 스스로 낮은 곳으로 제 길을 찾으러 갈 줄 아는데, 쉰을 넘긴 지금도 내 몫의 길이란 것이 제대로 보이지 않는다.

초록으로 남겨진 지도 위에 녹색과 청색 황색의 등고선 색감도 제대로 표현하지 못했고, 철도와 고속도로 국도와 지방도로 위에 나의 길을 선명하게 그려 넣지 못했다.

(2011. 3.)

산에 오르며

오늘도 모자를 푹 눌러쓰고 산에 올랐습니다. 산길 옆으로 3번 국도를 만드는 공사장의 돌 깨는 소리가 요란하고 트럭들은 꼬리를 물고 부지런하게 언덕을 오르내리고 있습니다.

먼지와 소음에 뒤덮인 길이지만 산으로 난 길로 혼자서 혹은 둘, 셋씩 짝을 지어 낮게 웅크린 하늘을 바라보며 한 발 한 발 헤아립니다. 언덕을 오르면 어느새 키 큰 소나무 숲이 시꺼멓게 앞을 가로막고 섰습니다.

도시 속에서 내가 무슨 얼굴로 어떻게 존재하든 간에 땀을 흘려야 하고, 바튼 숨을 쌕쌕 몰아쉬면서 언덕배기를 만나야 하고, 오랜 겨울 가뭄으로 바싹 마른 길섶의 먼지를 몰고 다니다가 발끝을 톡톡 채는 돌들을 만나야 합니다. 제각기 만나고 싶은 산이 있을 텐데….

오늘 당신은 산에서 누구를 반갑게 만났습니까?

난 그리움의 무게와 세월의 무게 중 어느 것이 더 무거울지를 따져가며 산길을 줄여갑니다. 불현듯 만나고 싶은 얼굴이 떠오르면 신발 끈을 당겨 매고는 허둥지둥 산으로 향합니다. 쉰을 마주 보는 나이는 그리운 줄 알고 산을 오르는 나이입니다.

굽어진 길과 뾰족한 돌부리에 눈을 맞춰가며 끈끈하게 젖어오는 땀에 오소소 떨고 선 나이입니다. 그대 몫의 그리움은 그대였다가 소나무 가지 사이로 언뜻언뜻 고개를 내밀고 가는 청설모였다가. 길섶의 나무들을 칭칭 동여맨 누렇게 마른 인동초였다가. 소리만 요란하지 제대로 얼굴 한 번 보여주지 않는 작고 검은 텃새였다가. 바짓가랑이에 뿌옇게 묻어온 흙먼지의 기억이었다가 붉은 노을에 녹아서 서쪽 산 너머로 슬쩍 숨어버립니다.

산은 오늘 몫의 그리움을 그만 산자락에 걸쳐두고 이제 내려오라 합니다. 내일은 또 내일 몫의 그리움을 만나라 합니다. 날마다 숲속에서 간절한 그리움을 만나고 있으니 굳이 그리움을 찾으러 나설 이유가 없다고 합니다.

쉰이라면 그리움이 그대에게만 있다거나 제 속에만 있다고 믿는 어리석음을 버릴 때라고 일러줍니다. 그리움을 잔뜩 업고 산에 올라 혹 그리움을 만날까 설레며 모퉁이를 돌아보지만, 굽은 길목마다 만난 것은 그대가 아니라 그리움이라 불리는 나입니다. 그리워하는 나입니다.

그대는 어떤 산을 오릅니까?

낮고 편안하게 기울어져 푹 꺼진 베갯머리같이 쉴 수 있는 산입니까. 뾰족뾰족한 바위들로 치장해 접근이 두려운 용솟음치는 산입니까. 저 홀로 덜렁 솟아올라도 모르는 척 듬직한 품으로 푸근히 안아 주는 산입니까. 오늘도 당신이 오르는 산에는 당신이 걸어둔 그리움이 노을에 불타며 연신 감내 나는 붉은 몸살을 앓고 있습니까?

(2009. 1.)

스티븐 호킹의 일대기

　사랑하는 것들. 혹은 사랑에 대한 모든 것으로 정의된 이름의 스티븐 호킹 박사의 일대기를 각색한 영화를 보았다. 천재의 삶도 결국은 사랑을 바탕으로 해서 탄생된다는 사실을 다시 한번 들여다보게 된다.

　드디어 사랑이라는 자체가 神의 영역이라는 깨달음에 도달한 한 주간이다. 영화『인터스텔라』에서는 지구인에 대한 주인공의 연민과 딸에 대한 지극한 부성애父性愛가 5차원의 터널을 통과하는 힘의 원천이라고 정의를 내렸다면, 스티븐 호킹의 사랑은 천재 물리학자로서의 삶과 우주를 이해하는 에너지원이었다고 정의된다. 용기 있는 한 여인 제인의 사랑이 지구의 역사를 증명하는 천재 우주물리학자를 탄생시켰다고 한다면 우리가 갖고 있는 창조적인 에너지는 사랑 그 자체이다.

　'사랑이란 것이 차원과 차원 사이의 간극을 통과해 영원과 맞닿게 하고 지혜와 연결되어 삶을 다차원의 형질로 변화시킨다.'라는 결론에 도달하게 된다면 사랑을 갖게 만드는 존재적 에너지는 바로 神이라고 이름을 붙여야 한다. 영화의 엔딩 자막이 나왔는데도 한참을 자리에서 일어날 수 없었다.

막막하게 가라앉은 감성이 후드득후드득 지천명을 넘긴 나이를 울린다. 천재 물리학자로 성장을 시도하는 한 장애인의 의지와 끊임없는 도전 정신이 눈물 나게 지난하고, 우주에 대한 포기할 수 없는 열정과 사랑하는 아내 제인을 배려해서 새로운 동반자를 선택하는 안타까운 배려를 위해 울었다.

게으르게 널브러진 숱한 시간을 그저 이웃을 탓하며 비교하는 삶이 아니다. 손가락 끝에 매달린 작은 단추 하나를 움직일 수 있는 기능으로 세상과 소통하며, 그 세상을 경영해 가는 세 아이의 아버지이며 학자인 감성과 창조의 영웅이 스티븐 호킹이다.

어쩌면 우리는 너무 많이 가져서 무기력해지고 자신의 가치를 제대로 인식하지 못하고 사는 것은 아닐까. 영웅적인 행위를 못 하고 사는 것이 아니라 안 하고 사는 것은 아닐까.

게으른 하루를 견디지 못하고 끊임없이 꼼지락꼼지락 작은 시도를 멈추지 못하는 상태를 불안이나 강박의 현주소라고 치부한 날들이 많았다. 호킹 박사의 삶을 바라보며 그것들은 지나친 욕심이나 불안과 강박만의 현주소가 아니라 제대로 자신으로 존재하고 싶다는 근원적인 몸부림의 시작이었음을 알겠다. 무기력한 시간의 홍수에 휩쓸려 붉은 황토물과 부러진 나뭇가지들과 함께 비명을 내지르며 둥둥 떠밀려가는 작은 돼지 새끼처럼. 거칠게 파도치며 굽이치는 그곳에서 살아남고 싶어서란 사실을 만났다.

살고 싶어서 나로 존재하기 위해 끊임없이 도전하는 자세. 그것이 神의 가르침이며 神의 의지란 현실을 영화 한 편을 통해 덜컥 만나버렸다. 내 속에 가득 담겨진 사랑, 그것이 神의 의지이며 계시였다니… 맑은 눈물이 앞을 가렸다. 차를 타기 위해 인적이 드문 늦은 밤길을 터벅터벅 혼자 걸으며 소리 내서 울었다. 아니 울어야 했다.

내 속에 갇힌 사랑이 너무나 크고 깊다는 자각이 도미노처럼 파도를 타며 쏟아져 들어왔다.

사랑은 얼마나 커다란 가치이며 지혜인가. 사랑하는 일은 神을 만나는 일, 내가 神들의 집임을 안다. 사랑을 구하는 것은 필연의 사태이며 사유이다. 움직이리라. 한 발자국이라도 더 움직이리라. 사랑을 찾는 일과 사랑을 나누는 일에 지치지 않으리라. 분수처럼 솟구쳐 오르는 이 눈물이, 지금이 사랑이리라.

辛 매우 뜨거운

愛 사랑이

里 머무는 곳

이 이름을 이해하는 것이 어려웠고 이름대로 살아가는 일은 더욱 난해하다고 생각해 왔었다. 오늘 드디어 내 이름의 가치에 맞닿았다. 이름이 던져주는 가치. 그대로의 삶을 엮어가는 중이며 神의 역사를 준비하며 산다는 사실을 호킹의 재치와 유머로 가득한 삶의 질곡을 통해 배운다.

영화는 한 편의 감동적인 이야기로 끝나는 것이 아니라 가슴 저 깊숙한 곳에 숨겨 놓은 보석을 뜨거운 마그마처럼 불쑥 솟구치게 만들고, 그 보석이 나로 인해 더욱 빛날 것임을 믿게 한다.

사랑을 믿게 한다. 神을 믿게 한다.

봄날의 여유

가만히 앉아 노는 것이 일을 잘하는 것보다 더 어렵다는 것을 한 달 병가를 내어 집에서 쉬면서 열심히 배우고 있습니다.

이른 아침부터 침을 맞으러 막내딸을 대동하고 집을 나섰습니다. 막내는 장이 나빠 항상 소화불량에 시달렸습니다. 요즘은 학교에 근무한다고 제 딴에는 신경을 쓰고 많이 긴장했는지 얼굴 전체에 작은 뾰루지가 숭숭 제주 오름처럼 벌겋게 솟아올랐습니다. 한의원에서 장을 치료하는 침을 맞고 한약 몇 재 먹이기로 결정을 봤습니다.

어제는 부산 친구 집에 다녀온다고 버스를 타고는 멀미로 얼마나 고생했던지 오늘은 아파서 피하고 싶은, 침 맞는 일이 오히려 기다려지고 고맙게 느껴졌습니다. 참으로 간사한 것이 사람의 마음입니다.

막내를 오늘부터 운전 학원에서 강습이 있다는 학원 앞까지 데려다주고 기다리는 동안 시청에 가서 기간 10년형 여권을 신청했습니다. 이제 서서히 바깥으로 움직일 때가 되었나 봅니다. 1997년 교육청에서 보내준 태국 여행 말고는 해외로 나가 본 적이 없었는데….

여권을 만드는 데는 증명사진 한 장과 오만오천 원짜리 인지만 있으면 간단하게 해결되는데. 해외여행이라 하면 멀고도 먼 이웃들의 이야기로 치부하고 청맹과니처럼 두 눈과 귀를 꽉 틀어막고 살았습니다.

그동안 시어머니는 대만을, 큰딸은 일본과 홍콩 미국을, 남편은 일본과 중국, 막내는 홍콩 두 번에 필리핀을 다녀왔습니다. 그들이 열심히 해외를 나갔다 와도 나라 밖으로 나가는 일은 내 몫이라 여겨지지 않았는데, 지금은 목전에 찬 내 몫으로 보입니다.

좁은 남쪽 땅이 좋다고 홍길동처럼 훌쩍 다녀오는 일이 벌써 20년 차입니다. 뜨거운 여름밤 한계령에서 강화도까지 한달음에 우르르 내달렸던 기억들이 뚝뚝 떨어지는 땀방울처럼 새롭습니다. 변산의 수성당에서 서해안으로 노을이 되어 떨어져 내리는 수성할미를 바라보다가 동해안 화진포 휴게소에서 밤바다를 밝히는 오징어 배를 헤아려보기도 했습니다.

동강을 지나 정선 김삿갓 공원으로 가는 굽이굽이 애오라진 고갯길. 안동에서 일월로 접어드는 국도변 담배밭에서 흰 머릿수건을 곱게 쓰고 질긴 여름 햇살을 호미질하는. 기억 저편으로 삭아가는 우리 할머니의 모습까지 여행길의 구석구석은 참 다양한 색감입니다.

이제는 좁은 남쪽만 출렁거리며 다닐 일이 아니라 바다 건너 먼 나라로 떠나고 싶습니다. 낯설고 물 설은 곳에서 원시의 나, 가난한 나, 오래 그리워한 나를 다시 만나고 싶습니다.

여권은 다음 주 월요일에 찾을 수 있다고 합니다. 기다리는 일만 소복이 남았습니다. 녹음이 지천인 오월의 봄 동산을 보여주고 싶어서 운전 학원 앞에서 막내를 태우고는 곧장 고성 옥천사로 달려갑니다.

옥천사에서 금곡 쪽으로 난 군립공원인 청량산 임도로 낡은 차를 몰고 올라갑니다. 연초록으로 물든 비탈지고 외진, 꼬불꼬불 산길은 나입니다. 은빛 초록으로 길게 손을 내민 길섶의 풀 이파리도, 붉은 초록으로 여린 새순을 내며 쑥쑥 키를 키우는 나무도 나입니다.

몸 구석구석에서 기공세포들이 열심히 햇살을 부르며 광합성을 한다고 펄럭입니다. 연초록 엽록소가 자꾸자꾸 솟아올라 짙은 초록 멀미가 산 아래로 시퍼런 초록 향을 꾸역꾸역 토해냅니다.

산길을 내려오면서 시원한 약수를 탄산수보다 달게 마시고 청곡사를 지나 금산 저수지까지 봄 냄새가 가득한 곳은 다 스쳐지나가 봅니다. 도도하게 굴고 지루하게 겨울의 끈을 잡았던 봄이 갑자기 허리끈을 풀고 방만하게 꽃을 피우며 여기저기서 흐드러지게 웃고 있습니다.

남쪽 소식을 묻든 해외 소식을 묻든 마음을 비우고 종적 없이 훌쩍 떠날 날이 다가오나 봅니다. 연신 들판이 수선스럽습니다.

(2010. 5.)

백화점 순례

지난여름을 유독 뜨겁게 보냈는지, 긴 추석 휴가 기간을 일만하고 보낸 덕분인지 가을이 오는 소리가 무섭습니다.

어제는 백화점 순례를 일 년 만에 갔습니다. 일 층부터 팔 층까지 두 시간 순례하고 열두 시간을 지글지글 두통에 시달리고 다섯 번을 토하는 사태를 맞이했습니다. 백화점이란 문명의 최첨단 지역에 시민으로 동참할 수 없다는 사실을 새삼 깨닫습니다.

낮부터 시작한 두통은 동서남북을 분간할 수 없도록 흔들어대다가 뾰족한 정으로 머리를 내리치듯이 강력하게 두들깁니다. 위 속에 머물고 있는 모든 음식물은 울렁울렁 멀미를 하듯이 토해 놓고 낮 열두 시에 미열로 시작한 고통은 밤 열두 시가 되어서야 끝이 났습니다.

백화점이란 좁은 공간 속을 부유하는 현대 문명은 이물질들을 이길 수 없습니다. 화려하게 전시되어 있는 물건들 하나하나가 보내는 추파를 견딜 수 없습니다. 한시라도 빨리 이 공간에서 벗어나고 싶을 뿐. 그곳에 전시된 셀 수 없는 온갖 물건들은 이미 관심의 촉수에서 저만치 벗어났습니다.

내가 사야 할 물건들이 그렇게 많고 복잡하다는 것을 받아들이기 어렵습니다. 그냥 단순하고 작게 살면 좋을 것을 철마다 새롭게, 해마다 새롭게 더 많이 더 자주 백화점에 가야 한다는 것은 형벌입니다. 물건을 산 것도 없으면서 오고 가면서 택시 타고 치료를 받는다고 쓴 돈이 더 많았습니다.

일요일 아침, 느지막이 일어나서 독성 제거에 좋다는 녹두로 죽을 끓였습니다. 속이 한결 가볍습니다. 역시 제 위장 기능은 시골스럽습니다. 오후에 두 시간 동안 마을 뒷산에 올라 땀을 흘리고 편백나무 숲에서 두 팔을 활짝 벌리고 산림욕을 합니다.

그곳이 제가 가장 편안하게 머물 곳입니다. 백화점과는 비교할 수 없도록 다양한 대상을 만납니다. 맑은 물에서 노니는 물고기처럼 신이 납니다. 산 다람쥐처럼 자유롭습니다.

긴 챙 모자 위로 톡톡 도토리가 떨어져 내리는 소리에 깜짝깜짝 놀랍니다.

올해 몫의 백화점 순례는 지옥행으로 끝이 났습니다. 백화점이란 문화 공룡이 무서워서 쉽게 접근하기 어려울 것 같습니다. 작게 쓰고 작게 살겠다는 결심을 합니다.

아! 그러나 그 공룡 백화점에서 하나 건지고 싶은 것이 생겼습니다. 다행히 일층 로비에 전시된 모자입니다. 이태리에서 직수입된 모자라고 합니다. 친구가 친절하게 머리에 씌워준 모자는 화가들의 그림 속에서 막 뛰쳐나온 듯이 화려합니다.

그 모자를 쓰고 걷는다면 봄이 더욱 화사한 분홍일 것 같고, 가을은 더욱 붉어질 것 같았습니다. 제 마음을 쏙 빼앗아버린 모자입니다.

그러나 그 모자의 가격이라니요. 참으로 황당하다고 생각합니다. 30만 원이라 합니다. 참 우습지요. 그깟 모자 하나가 30만 원이라니. 발작성 두통은 아름다움을 추구하는 물건의 가치가 지나치게 우습다고 생각하며 백화점 순례를 계속한 탓이었을까요?

산길을 걸으며 그 모자를 생각합니다. 처음으로 만난 아름답고 서정적인 모자를. 그림 속에서 뚝 떨어진 듯이 나를 바라보던 매혹을.

(2014. 9.)

밥 한 끼

아침을 거르고 딸은 서울로 가겠다고 한다. 비염 치료 때문에 코에 침을 맞고 있는데, 부리나케 한 끼라도 먹여 보내려고 준비한 아침상을 두통이 심하다고 기어이 물리고 집을 나선다. 시외버스 터미널까지 측은하고 안타깝게 바라보면서 태워 가지만, 정작 속으로만 웅얼거리며 삭이고 만다.

군이 가슴 시린 지청구를 듣지 않아도 느끼고 있을 테고, 아파서 힘든 딸의 어깨를 염려한다는 군소리로 꾹꾹 더 누르고 싶지도 않고….

갑자기 깊숙이 숨겨 놓았던 딸 나이 또래의 내가 떠오른다. 그때의 나는 밥 한 끼 굶어보는 것쯤이야 지극히 당연한 현실이었다. 몸이 아파서 밥 먹기를 쉬고, 함께 맛있게 먹어줄 벗이 없어서 건너가고. 주머니 속에 든 돈이 없어서 참아보고 그렇게 한 끼, 한 끼의 밥을 굶는 것이 내가 보낸 대학 시절의 추억이다.

오랜만에 부산 집이라도 내려가면, 그때는 젊고 고왔던 친정엄마가 마음을 다해 준비해 준 밥상이 정작 피가 되고 살이 되지 못한 채 배탈로 이어지고. 결국은 죽을 먹고 돌아오곤 했었다. 길섶에서 풀썩풀썩 노랗게 황사 먼지가 일 듯 빈혈이 나는 이야기이다.

서울로 출발할 시간을 기다리며 찬바람 씽씽 부는 터미널 의자에 나란히 앉아서,

"가서는 밥부터 챙겨 먹어."

"걱정 마. 꼭 밥부터 먹을게."

"엄마, 애들이 촌놈이라고 놀리지 않는다."

"서울 토박인 줄 알았대나."

"엄마 딸이 깍쟁이처럼 생겼데."

말끔하던 하늘이 갑자기 우중충한 회색으로 보인다. 내가 보낸 가난한 대학 생활을 예쁜 딸에게 대물림한 것은 아닌지. 평범한 서울 대학생들의 용돈에도 미치지 못하는 생활비에, 철따라 새 옷 한 벌 시원하게 마련해 주는 일도 어려운 엄마 노릇이 참 미안해진다.

딱 부러지게 단정한 성격의 딸은 아직도 힘들다는 소리를 않는다. 그냥 참는 것일 게다. 가시처럼 뾰족한 고집과 오기로 서울의 겨울을 혼자 버티어 내는 걸 안다.

내 기억 속에선 대학 시절이 제일 힘들었다. 주머니에 땡전 한 닢 넣지 않고도 부자로 버티고 아무리 칠흑같이 어두운 밤 길일지

라도 걸어서 돌아가야 한다는 오기 하나로 먼 길을 걸어 다녔다.

연탄불이 없는 찬 냉방에서 옷을 다 껴입고 자고 나도 늘 새롭고 싱싱하게 웃으려는 노력으로 가슴을 채우던 시린 날들의 기억이 새록새록 떠오른다. 그 차갑던 날들. 긴 인생에서 뜨거운 밑거름이 되어준 날들이….

서울행 버스에 딸을 태우곤 손을 흔들고 서둘러 뒤돌아 나왔다. 오늘은 산이나 올라봐야겠다. 예쁜 딸은 나처럼 끝까지 버티어 낼 거다.

바튼 숨이 턱 턱 차오르는 험한 코스를 선택해서 올라보자.

(2007. 1.)

무소뿔처럼 홀로 가리라

안녕히 가세요. 참 긴 시간이었습니다.

되돌아보니 우리의 만남이란 것이 짧은 순간, 한 편린에 불과합니다. 태평양 바다를 비추는 태양을 꼭 닮은 은비늘 같은 추억의 일렁임. 꼭 그만큼입니다. 우리는 무엇으로 만나져서 수수깡 끝에 매달린 붉은 색종이 바람개비처럼 서로를 휘감는 바람이었는지, 지금 알 것 같습니다. 너와 나의 바람이 아니라 오직 나만의 바람이란 것을 말입니다.

철가루를 잡아당기는 자석과 같은 인력이 이 공간에서는 더 이상 의미가 없다는 걸 알고 있습니다. 세상 속 관계에 속할 때, 세상의 법칙 속에서 옳고 그르다는 비평의 잣대에 관심을 가질 때에만 제대로 속할 수 있는 이야기입니다. 너도 알고 있고 나도 알고 있는 세상의 모든 존재는 홀로입니다. 기뻐도 혼자이고 칠흑같이 어두운 고독 속에서도 혼자입니다.

우리는 그것을 언어로 표현하는 일을 두려워했을 따름입니다. 조금만 더, 조금만 더 이 시간을 길게 뽑아내 달라고 유예를 신청했을 뿐입니다. 절대 고독의 언덕을 오르는 일이 두렵습니다. 절대 고독 속을 통과하지 않고 神께 도달할 수 있는 방법이 없습니다. 탱탱하게 당겨진 고무줄을 자꾸만 밀어내며 미적거립니다.

시간은 너의 위로나 나의 격려가 기쁨이 되고 위로가 될 수 없는 세계로 나를 초대합니다. 누군가에게 예속되지 않는 자유를 선물하는 곳으로 나를 초대합니다.

안녕히 가세요. 부디 당신의 틀 속에서 안녕하세요.

나의 틀은 불안정하고 보답받지 못한 숱한 사랑으로 낡은 시멘트보다 더 딱딱하게 굳어버려 두 팔을 곧게 세우는 일조차 힘이 듭니다. 나의 영성은 나도, 당신도 서로가 거짓의 틀 속에서 적당히 연기를 해야 하는 노회한 연기자란 걸 알고 있습니다. 스스로를 탈각해야 하는 순간이 다가오고 있습니다. 시간에 떠밀려온 이 몸뚱이와 관습, 가치의 구조물들을 부숴야 하는 시간들이 달려오고 있습니다. 죽음에 떠밀려서 억지로 탈각할 일이 아니라 기도를 통해 스스로 탈각해야 할 것임을 압니다.

좀 더 더디게, 좀 더 뒤에 다가오길 바랐습니다. 당신의 투명한 눈빛과 당신의 푸른 희망에 얹혀 우리는 참으로 먼 곳까지 왔습니다. 좁은 산골짜기를 지나 도도히 흘러가는 강을 타고 가다가 드디어 바다와 만나는 협곡의 끝자락에 서 있습니다. 푸르고 높았던 산의 기억이 새로울 것입니다. 키 큰 소나무 군락 사이로 지나가는 바람 소리가 그리울 것입니다. 당신이 바다가 아니듯이 나는 산이 아닙니다. 우리는 산과 바다의 경계에 서서 짧게 서로에게 밀어닥친 칠월의 붉은 홍수였습니다. 파도에 떠밀려 잠시 산기슭으로 밀려 올라간 사리 때의 해일이었습니다.

당신은 뜨거운 태양이 부르는 시린 바다를 향해 손짓하지만, 그것은 당신은 바다일 수 없다는 외연의 한 단락 표현일 뿐입니다. 당신은 하늘을 찌르는 높은 봉우리가 될 것입니다. 민머리 독수리가 둥지를 틀거나 쉬어가는 바람의 집, 돌산이 될 수 있을 것입니다. 당신이 바다일 수 없듯이 산을 향해 기도하는 나도 산일 수 없습니다. 끊임없이 산을 향해 기도할 따름입니다. 서로에게 적당한 표정으로 진실을 가리는 일은 평화롭기는 하지만, 지리멸렬하고 지루합니다. 지금부터는 내 몫의 이름으로 홀로 존재하려 합니다. 무소뿔처럼 홀로 세상과 만나고 싶습니다.

안녕하세요. 그리고 안녕히 가세요.

약한 강둑이 툭 터져서 붉은 황토물이 낮은 논과 밭을 품에 가득히 채우는 날입니다. 외로움과 두려움이 날 삼키려는 날입니다. 그러나 혼자서 가야 할 길입니다.

안녕히 가세요. 더 이상의 위로는 사양합니다.

나는 바다입니다. 바다로 살뿐입니다. 우리는 늘 서로를 그리워할 것입니다. 때때로 성난 파도가 되어 당신의 기슭을 상처 나게할 수도 있을 테지만 고요한 새벽 아침, 당신의 산 그림자를 가만히 품어주기도 할 것입니다. 더 높아지고 뾰족해질 것으로 당신의몫을 충실히 완성하는 동안 더 낮고 흐려질 것입니다. 검붉어져서세상과 하나 되는 바다가 될 것입니다.

좁은 삼각주 끝, 갈림길이 신호등처럼 빨간 등, 노란 등, 푸른등을 켠 채 우리를 기다리고 있습니다. 여기까지입니다.

안녕히 가세요.

포르투갈의 가난한 어부들이 노래한 '검은 파도'는 흰 돛을 펼치고 항구로 돌아오는 그리운 임을 노래합니다. 기다림을 노래한 파도의 선율은 애절하고 검은 눈물은 파도를 타고 소리 없이 쏟아져내립니다. 진실을 제재로 말하는 파도일 따름입니다.

안녕하세요. 안녕히 가세요.

파도에 출렁이며 흰 돛을 펼치고 바람을 밀고 바다로 갑니다.

(2013. 7.)

유월의 눈물 맛

잊어버린다는 것이 생각만큼 쉽지가 않아. 길섶의 누렇게 드러누운 지난해 살이 풀잎들이 새로운 풀잎으로 바뀌는 것이 더디듯이 말이다. 그러고 보니 올해는 길섶에 누운 풀잎들을 오래 지켜보았다.

왜 저리도 더딜까. 파란 잎들이 지천이고 꽃들도 여기저기서 얼굴을 내밀었는데…. 늦은 봄비를 맞고는 술이라도 거나하게 마신 듯 풀어져서 비틀비틀 흔들리며 지나가 버린 시간들을 녹여내고 있을까. 딱딱하게 뼈대만 남은 가지와 끝까지 남아보겠다고 가지를 칭칭 휘감고 도는 누런 잎들의 집착이 날 보듯이 역겹다.

그만 놓아라. 이제 그만 놓아라. 길섶의 풀들이 초록으로 다투어 솟아오르는 동안 떠밀려서 덩달아 솟아오른 누런 치기의 기억들은 왜 빨리 사라지지 않는지. 그것들도 언제쯤이면 초록만으로 보일까.

긴 봄을 보내는 동안 마을 뒷산 길섶은 체열의 장소였다. 몇 도의 열을 내 속에 품고 있었는지 풀잎 온도계로 꼼꼼하게 재어보면 늘 정상치보다 낮다. 건강에서는 정상치보다 낮은 온도가 혈액순환과 정상적인 몸 기능을 방해한다고 하는데….

암이란 놈이 가장 살기 좋아하는 생활 터전이 낮은 체온이라 한다. 평소보다 1, 2도만 낮아도 암세포는 그곳에다 자신의 자리를 잡고 정상적인 몸을 한꺼번에 확실하게 무너뜨릴 연구를 시작한다고 한다.

미처 버리지 못한 생각들은 암이다. 그것도 아주 무서운 변종 암이다. 이렇게 비틀고 저렇게 비틀어도 도망가지 못하게 철저하게 구속하는 암이다. 멀리서 전화가 왔다.

"그 사람이 그리워서 눈물이 납니다. 어두운 현관 옆에 앉아 울고 있습니다. 기도해 주세요."

몽골과 중국 북방 지역의 옛 전설이 기록된 천궁대전에 의하면 하늘이 내린 첫 샤먼은 여자였다고 한다. 그녀는 늘 눈물을 흘리는 사람, 샤먼은 눈물의 여인을 의미한다고 한다.

세상의 아픔을 가장 먼저 느끼고, 세상과 함께 아파하는 여자라 한다. 주변의 모든 기운이 눈물과 관계가 있는 것인지 눈물을 담뿍 안고 사는 남자들과 여자들로 그리고 그 속에서 가장 많이 우는 내가 있다.

샤먼의 시린 눈물이 흘러서 유리알같이 투명한 바이칼 호수가 되었다고 하는데, 내 눈이 짓무르도록 흘러서 그들의 아픔이 치유될 수 있을까.

"사랑한다고 말해 주세요."

그가 그렇게 말한다. 하지만 그가 말하는 사랑한다는 의미가 내가 갖고 있는 의미와는 상반된 사실이라는 걸 그도 나도 알고 있으면서도 우리는 대치하고 있다. 그렇게 사랑이라는 몫에 목말라 있다.

가만히 앉아 침묵의 시간을 함께 보내고, 길게 소리 내어 함께 울어주는 것이 서로에 대한 예의다. 우리가 나눌 수 있는 사랑에게 드리는 최소한의 예물이다. 아무도 대신 울어주거나 사랑해 주지 않았다. 사랑은 늘 곁가지를 치며 비틀려 있다.

그 끝나지 않는 존재의 비틀림이 사랑이라면 참으로 잔혹한 것이 사람살이다. 메마른 시대에 샤먼으로 사는 일은 눈물로도 다 닿지 못하는 허무와 무기력을 만나는 시간이다. 자신이 그들을 위해 할 수 있는 일이란 없다는 진실한 명제 앞에 서 있다.

왜 샤먼은 울어야 했는지. 왜 울 수밖에 없는지. 그것들의 이유가 나날이 더 가까이 다가와 앉는다. 그들과 나 사이에는 바깥으로 소리 내서 존재를 알리는, 이유가 있는 눈물과 태생적인 눈물과의 차이다.

"기도를 해 드리지요. 서해바다 어디쯤서 독한 소주 한 잔 바치며 기도해 드리지요."

나는 방법을 알지 못한다. 샤먼이니까. 그가 주는 그대로 느끼고 아무런 대책 없이 그저 속울음으로 긴 강을 만들고 시퍼런 바다를 만들 뿐이다.

(2015. 6.)

이길봉수대

　산머리에 우뚝 솟아오른 이길봉수대는 고향의 자랑거리 중 하나였다. 우리 마을에 살았던 아름다운 효부가 배를 타고 나가서 영영 돌아오지 않는 남편을 그리다 바위 위에서 떨어져 죽었다. 효부의 사랑 이야기에서 이름을 따 효암리로 정했다는 지명의 유래와 봉대산 꼭대기에 있는 봉수대에서 연연히 불과 연기를 뽑아 올려 서생포 사람들을 살리는 곳이었다. 유일한 자랑거리였던 고향의 산자락은 무너지고 바다는 메워져서 평평한 평야가 되어 있다.

　효암리에는 제대로 된 넓은 논이 없어서 재를 넘어 용수골까지 농사를 지러 다녔다는 할아버지의 지게 품 무용담이 아직도 생생하다. 마을도 산도 바다도 모두 함께 뒤섞어서 흔들더니 널따란 들판이 훌쩍 생겨났고, 이길봉수대가 갑자기 낮아졌다.

　그동안 서생포 주변 바닷가에서는 가장 높은 지형이라 일본 앞바다를 두 눈 부릅뜨고 변함없이 마을을 지켜주었다. 그런데 원자력발전소를 위한 토목공사 때문에 한정 없이 낮아져서 공원 분수대나 기념탑쯤으로 전락하고 말았다.

이제는 누가 적들로부터 안전하게 마을을 지켜야 하는지. 허긴 사람이 더 이상 살지 않으니 마을이랄 것도 없겠으나, 가득 흙이 쌓여 있는 언덕 너머로 봉수대가 간당간당 비틀거리며 서 있다. 날씨가 맑은 날이면 동해 바다 너머로 일본의 대마도가 수평선에 걸린 그림자처럼 보인다고 할아버지는 늘 자랑하셨다.

"왜구가 돛배를 타고 새카맣게 밀물처럼 들어오는 것을 이길봉수대에서 발견하면 급히 봉화가 올라가고, 마을 사람들은 어디에서 일을 하건 간에 무조건 달음산을 향해서 달려가야 했단다. 왜구는 주로 낮잠 자는 오후에 잘 몰려오는데, 그네들이 이른 아침을 먹고 출발을 하면 그 시각 즈음 우리 마을에 도착할 수 있었지."

우는 아이의 코를 베어 간다는 무시무시한 왜구의 이야기며 일본이 얼마나 가까운지에 관한 이야기 속에는 늘 빠지지 않는 양념이 있었으니 이길봉수대였다. 고향 소식이 궁금한 사람들은 마을이 잘 있는지 묻거나 누구 애비가 건강한지를 묻기 전에 먼저 "봉수대는 여전하고?" "여직도 여전하지." 그렇게 서로 인사를 한다.

다시 찾은 고향에는 바다를 향해 우뚝 솟은 산자락의 흔적도 실뱀장어가 숨어 놀던 작은 여울의 흔적도. 흰 모래톱에서 쑥쑥 뽑아 올린 갯바위들의 흔적도 찾을 길이 없다.

바닷가 언덕 위의 공동묘지 한 자락만 남아 고향이라 한다. 출입할 때마다 주민등록증을 보여주는 검사까지 톡톡히 치르고 나서 입장과 성묘가 허가되는 손바닥만큼 작은 곳이다.

그래도 이곳에서는 공동묘지의 위력이 제일 크다. 편안하게 드러누운 자리를 보면 산 자보다 죽은 자의 위력이 더 큰 것을 실감하게 한다. 살아있는 모든 이웃은 오랜 갯바람에 낡은 집과 조개껍질처럼 작은 채마밭을 버리고 바깥으로 쫓겨나갔다. 마을 자체가 물속이 아닌 흙 속에 푹 파묻혔는데, 유일하게 공동묘지만 달랑 남아 마을을 지키고 있다.

바닷가 언덕 위에서 고요히 바다를 향해 두 팔을 벌리고 누워서 아직도 망중한이다. 원자력이란 뜨거운 물이 밑으로 콸콸 흐르건 말건 알 바가 아니다. 긴 잠을 자며 휴식 중이다.

할아버지 산소로 성묘를 갈 때면 누워있는 할아버지보다 내가 더 위로를 받는다. 한정 없이 무료하게 흐르는 시간에 위로받고, 시퍼렇게 갈기를 세우며 부는 바람과 하얗게 이빨을 드러내며 으르렁거리는 파도에게서 위로를 받는다.

보랏빛 엉겅퀴와 흰 들국화가 소복소복 피어있고 억새풀이 키만큼 자라서 흐트러진 언덕에 서면,

"될 대로 되라지. 시간은 참 많단다. 너도 한번 누워볼래. 참 편안해. 산이 아니라 언덕에 얹혀있는 봉수대면 또 어때. 잠시 쉬는

동안 원자력이란 불이 24시간 쉬지 않고 숨 가쁘게 봉화를 피워

올리겠지."

지리산 소묘

지리산은 신명의 산이다. 어둑어둑한 저녁 무렵이면 어딜 갔다가 찾아오는지 이름도 모를 숱한 벌레들이 초대도 없이 들어서서 같이 논다. 불빛만 보이면 꼭꼭 막아놓은 그물망을 어떻게든 뚫고 들어와 전등 불빛 아래 파닥파닥 춤을 추며 존재감을 드러낸다.

요란한 그 춤사위는 무녀들의 신명과 똑 닮았다. 작은 방울을 손에 들고 찰랑찰랑 방울 소리에 맞춰 오른쪽으로 발을 구르며 휘몰아 가는 긴소매 끝의 허공과 흡사하다. 파르르 떨며 솟구치는 그 순간의 긴장을 바라보면 벌레들은 영원히 살 것만 같다. 밤은 그들만의 숨 가쁜 시간이다.

성가시고 저돌적인 벌레들의 공격에 늘 속수무책 당하기만 하는 저녁과 달리 아침의 지리산은 새벽부터 찾아와 시끄럽게 깨우는 부지런한 텃새들의 장터거리다. 자고 일어난 주변에 가만히 내려앉아 미동도 없는 벌레들. 뜨겁던 지난밤의 기억쯤이야 까맣게 잊고 탈각한 상태로 정물처럼 그 자리에 놓여있다. 간밤엔 무슨 일이 있었을까? 가볍게 벗어버린 빈 몸들을 비질하며 하나, 하나의 몸짓과 비행들을 반추해 본다.

지리산이 준 선물을 되돌려 주며 매일 밤, 새로운 만남과 이별을 준비한다. 이토록 뜨거운 몸짓도 내일 아침이면 회색 정물로 침묵 속에 가라앉고 껍질만 남긴 채 텅 비어 버릴 것임을 이제 정면으로 본다. 앎이 채움이 아니라 버림임을 절절히 체득한다. 우리가 보낸 것이 찰나의 시간임에도 지난밤에 벌레들을 제대로 영접하지 못함이 안타까움이다.

지난밤 함께 보낸
그 뜨겁던 열락은

껍질만 벗어두고
방바닥에 누웠다

후드득
소나기에 쫓겨
잠시 들린 여행길.
    ─졸시 〈나방〉 전문

간밤에는 지리산에도 제법 빗줄기가 굵었다. 집 앞을 지나가는 계곡물 소리가 잠을 깨우고 긴 밤 내내 돌 돌 돌 제풀에 겨워 사설을 풀어 놓는다. 주저리, 주저리 부끄러움도 잊고 풀어 놓는 사설들이 화개동천을 지나 저만치 붉은 황톳빛 섬진강의 본류와 만나서 남해바다를 향해 까닥까닥 달려가고 있을 것이다. 지리산은 작은 소리라도 증폭기를 매단 듯이 크게 들린다. 부지런히 새벽부터 찾아와서 울고 가는 까마귀들의 소요는 5일 장날의 진주 큰 시장의 소요만큼 요란하다.

얼마나 많은 새들이 와서 유세를 부려대나 내다보면 두 마리가 돌감나무 위에서 마주 보고 수다 중이었다. 햇살이 다 퍼지도록 느지막이 일어나서 빈둥거리지 말라고 정찰병처럼 찾아와서 군소리를 한다. 쪽마루의 기둥 속에 말벌의 작은 집이 숨어있는지 윙윙 한 마리가 날아다니는데 온 골짜기가 같이 운다. 삐용, 삐용 119 소방차라도 출현한 듯이 가슴이 두근거린다. 위협적으로 머리 위로 종횡무진이다.

"조심해. 조용히 걸어 다녀."

"네 몫이나 잘 챙겨. 욕심내지 말구."

여름을 제외하고는 문 열고 나가봐야 반갑게 인사할 인적도 찾기 어려운 골짝 마을. 그래서 내 목소리는 저절로 작아진다. 작은 골짜기 속에는 온통 내 목소리뿐이다. 웅, 웅, 콧방귀를 끼며 되돌아온다.

윙윙 말벌 한 마리
골짜기를 울리면

까악 깍
돌감나무 위 까마귀
쉿! 조용해

아아아
나도 한 마디 할까요?
수탉까지 나선
고요

　　　　　　− 졸시 〈목통 계곡〉 전문

　산자락에 걸린 달은 도시보다 가깝고 도시보다 시리다. 가로등
도 없고 차 불빛도 없다 보니 슬금슬금 밤이 다가오는 것이 더 어
둡고 막막하다. 하나, 둘 건너편 산자락에서 불빛들이 작은 등대처
럼 떠오를 무렵이다. 유월 오 일. 달이 동쪽 산봉우리 위로 샛별을
달고 떠올랐다. 눈썹처럼 가늘고 날렵한 선이 아니라 제법 잘 벼려
둔 반월형 칼처럼 가운데 부분은 도톰하고 끝은 날카롭게 곡선을
그리는 달이 어둠을 세로로 가르며 서 있다. 시린 은빛으로 빛나는

사막의 칼이 낙타를 타고 나타나 "마호멧을 믿느냐? 너를 믿느냐?" 소리를 내지른다.

제대로 대답을 못한다면 머리를 댕강댕강 잘라버리겠다고 위협을 한다. 하늘은 검은 먹물에 잠겨있고 지혜는 게으름의 품에 숨어버렸다. 낙타를 타고 바람처럼 나타난 은빛 반월도에게 내어줄 구체적인 답안지가 하나도 없었다. 구지산의 거북이처럼 순순히 머리를 들이밀고 고개를 숙여야 했다.

> 술탄의 은월도가
> 장자의 머리를 친다.
>
> 연탄 같은 이 밤을
> 밝히는 불꽃 하나
>
> 꿈꾸는
> 문을 열어라
> 죽비가 춤을 춘다.
> ―졸시 〈화두〉 전문

산자락에 살면 절로, 절로 산사람이 되고 지리산에 들면 절로,

절로 지리智異가 된다고 한다. 심심하면 죽비에 두들겨 맞고 마루 끝 말벌에 쫓기다가 마지막까지 최선을 다하는 용감한 벌레랑 불화한 산사람이라. 언제 은월도의 칼날 아래 댕강 목이 잘릴지 모르겠다. 그저 목소리 크기를 줄이고 발걸음의 흔적을 가볍게 할 뿐이다.

진주 남강 마라톤 대회

'코스는 다양하겠지만 처음 출전하는 마라톤이니 5킬로미터를 목표로 한 번 달려봐야지.'

마라톤에 참여해 보고 성공적인 행사가 되면 내년에는 10킬로미터에 도전할 것이다가 신년 벽두의 설계. 올해의 필수 목표 중 하나가 마라톤에 참가해 보는 일인데, 4월의 마지막 주말에 완료했다.

4월 28일, 경남일보 주최의 진주 남강 마라톤 대회가 한 달 이상 거리 곳곳에 세운 플래카드로 신문과 서경방송으로 진주 시가지를 후끈후끈 달구더니 드디어 출전 일.

'아침 8시 반까지 3번 게이트로 오시오.'라는 간단한 메시지를 후배로부터 받고 아침부터 수선을 떨고 일어나 든든하게 먹어야 잘 달릴 수 있다는 가족의 성화에 평소에 잘 먹지도 못하는 아침을 한 그릇 뚝딱 먹어 치웠다. 차를 타고 3번 게이트 주변으로 가보니 운동장 주변은 아침부터 온통 붉은 인파로 넘쳐난다. 구천 명 정도가 달리기에 참여하고 자원봉사자나 응원단까지 합하면 만 명이 넘는 인원이 운동장 안팎에서 서성거린다는 계산이다.

사회자의 열띤 목소리와 흔들흔들 신나는 댄스 음악. 따가운 사월의 봄 햇살. 베이비붐 시대 육천 명이 함께 가을 운동회를 시작하면, 가족이랑 장사꾼들까지 만 명이 넘는 인파로 술렁거리던 초등학교 운동회의 설렘이 되살아난다. 달걀이랑 밤을 삶고 붉은 팥밥을 정성껏 해서 이고지고 와서는 먼지 풀풀 날리는 운동장 가장자리에 자리 잡고 앉아 열심히 응원하시던 젊은 날의 어머니 아버지. 단정하신 할머니 모습이 떠오른다.

땅, 하는 신호 소리에 맞춰 하늘에서 터지는 폭죽 소리. 우레와 같은 응원 소리. 운동장 전체가 붉은 마라톤 셔츠의 물결로 열심히 몸 푸는 체조를 하는 팀들. 좌판처럼 펼쳐놓은 다양한 먹을거리며 볼거리들….

제일 먼저 출발하는 팀은 풀코스. 사회자의 출발 안내 멘트가 울리고 다섯, 넷, 셋, 둘, 하나로 전체가 합창하며 카운트다운을 해주면 오색 축포가 하늘을 향해서 비상하고 씩씩한 마라토너들의 힘찬 발걸음이 시작된다. 와! 울리는 응원 함성과 박수 소리. 내가 달리지 않아도 풀코스 마라토너라도 된 듯이 흥분되고 긴장되는 순간이었다.

하프 코스. 10킬로미터 순서로 시간차를 두고 출발하고 드디어 5킬로미터 차례이다. 운동회 날 맨손 달리기 줄을 서면서부터 뛰지도 않았는데 이미 벌벌 떨고 섰던 내 모습이 떠오른다.

그때의 그 긴장과 초조는 6학년 졸업 때까지 운동회를 여섯 번이나 했지만 맨손 달리기에서 3등상이라도 받은 기억이 한 번도 없었다. 6명이 달리면 6등, 7명이 달리면 7등 맨날 꼴등은 내 몫이었다. 친구들이 신나게 달려서 1등을 하고 손목에 붉은 스탬프 도장을 꾹꾹 눌러 찍고는 부모님이 계신 쪽을 향해서 휑하니 달려가 자랑하고 의기양양 돌아오는 모습이 무척 부러웠다. 부모님이 넌 몇 등 했니? 물으실까 봐 내빈석 쪽은 쳐다보지도 못한 채 아동석으로 달려야 했던 기억이 새롭다.

"5킬로미터 카운트다운 들어갑니다. 운동장에는 다 뛰어나가고 여러분밖엔 없으니 같이 세어봅시다." 옆에 선 후배랑 동료 선생님들 앞에서 끝까지 완주할 수 있을까? 가다가 퍼지는 부끄러운 꼴은 안 보여야 할 텐데. "다섯, 넷, 셋, 둘, 하나 출발입니다. 여러분 무사히 잘 다녀오십시오." 사회자의 열띤 격려와 요란한 팡파르 음악. 하늘로 비상하는 오색 축포. 오늘은 나의 날이야. 열심히 도전해 보라고, 떨지 말고 뛰어서 완주해 보라고….

진주공설운동장을 출발해서 신안동 쪽으로 작은 보폭으로 뛰다가 뒤에서 달려오는 젊은 학생들에게 쿵쿵 어깨를 부딪쳐도 마냥 신나고 즐겁다. 아이를 목말 태우고 달리는 젊은 근육질 아빠. 유모차를 밀고 가는 맹렬 아기 엄마. 딸에게 롤러스케이트를 신겨 함께 달리는 다정한 엄마. 다정하게 손을 잡고 달리는 가족들의 모습. 휠체어를 밀고 마라톤에 당당하게 도전한 용감한 장애인들까지 싱싱하고 건강한 모습을 보여주는 공간 속에 숨 쉬고 있자니, 나도 뭉클뭉클 감동의 힘을 받고 끝까지 완주할 자신이 쑥쑥 자랐다. 헉! 헉! 바튼 숨을 몰아서 내쉬는데, 2킬로미터입니다. 와우 벌써 반은 성공했네.

평거동에 위치한 진주 대전 간 고속도로 다리 난간이 5킬로미터 마라톤의 반환점이다. 반환점을 돌아야만 마라톤 통과 사인이 떨어진다고 조금만 더 힘내서 달려보자고 엇싸! 엇싸! 구령을 붙여가며 호흡을 고르고 드디어 붉은 고무줄 하나를 받아서 손목에 척 감고 반환점 통과.

올 때보다 갈 때가 쉽겠지. 앞으로 2.5킬로미터 정도만 가면 완주. 돌아오는 길은 달려오면서 천천히 고른 호흡이 안정을 찾은 덕분에 주변의 동료들과 엇싸! 소리를 주고받으며 천천히 달리기 마지막 1킬로미터입니다. 가슴은 답답한 줄은 모르겠는데 서서히 발목이 아려온다. 달리기하다 무리가 오려는지….

저만치 운동장에 높이 띄운 축하 애드벌룬이 보이고 요란한 댄스 음악. '조금만 더 힘내세요. 다 왔습니다.' 주변 거리에서 들리는 응원 소리에 잃었던 힘을 얻고, 결승점을 향해 달려서 운동장으로 진입 성공. 운동장 입구엔 작은 샤워 호스가 연결되어 시원한 물이 땀을 뻘뻘 흘린 머리 위로 쏟아져 내리고. "완주를 축하합니다." 누구라도 상관없이 서로의 팔을 붙잡고 흔들며 인사를 한다.

처음으로 꼴등하지 않고 달려봤다는 기쁨을 부모님께 달려가서 알려드리고 싶다. 손목에 묶인 보라색 고무줄을 들이밀며 자랑하고 싶다.

운동장은 길게 늘어서서 서로의 완주를 축하하며 시원한 생수를 받아 마시고. 선물을 받고 경품에 당첨됐다고 즐거워하는 싱싱한 기쁨으로 가득 찼다.

함께 달려준 고마운 동료들과 "내년에도 참가해 봅시다." 굳게 약속하고 새로운 기억으로 저장될 나의 첫 마라톤 등정을 접고 집으로 돌아왔다.

내년에는 10킬로미터에 도전해 봐야지. 나도 잘 달릴 수 있어. 아자!

(2007. 4.)

5부

첫눈

텃밭의 명상

지난 1월, 컴퓨터 공부를 시작하면서 설사가 다시 시작되었다. 그날, 그날의 일용할 양식들은 수시로 보스턴마라톤대회처럼 예측 불허의 사제 폭탄 테러로 변신한다. 몸속에 담아두고 싶지 않은 것이 무엇이었는지 자꾸만 알려주는데, 아직도 제대로 알아듣지 못한다고 꾸중 중이다. 넉 달 동안 설사를 하고 지냈지만, 몸무게는 여전히 늘어만 가고 바깥으로 봐서는 별 변화가 없다. 들려주고 싶은 메시지가 있는데, 도통 귀 기울이지 않는다는 몸의 언어를 달래려고 친구 집으로 퇴근 방향을 잡았다.

습관성 설사에는 우엉 뿌리와 쥐눈이콩, 황태를 넣고 푹 달인 물을 마시는 것이 특효약이라는 친구의 권유로 민간약을 만들 심산이다. 약탕기에 긴 우엉 뿌리 2줄, 누런 황태 한 마리, 검고 작은 쥐눈이콩 한 줌을 넣었다. 내일 아침쯤이면 우정 표 설사약이 만들어질 거다.

두꺼운 면장갑을 끼고 친구네 마당 뒤쪽의 엄나무에 오른다. 엄나무는 나무둥치와 가지가 날카로운 가시로 단단하게 무장을 하고 있다. 조심, 조심 사다리에 기대어 올라도 여기저기 찔러대며 연초록 새잎을 쉽게 내주지 않는다. 항암 작용이 좋다는 이름값을 톡톡히 해댄다.

봄의 정원은 신선한 먹거리들로 가득하다. 붉은 가죽 햇순, 민들레 이파리, 두릅, 땅바닥에 착 달라붙어서 자리를 넓혀가는 돌나물과 손뼉 치는 머위까지 눈을 돌려 한 번만 더 쳐다봐 달라는 잎들의 환호성으로 정원은 요란하다.

어제 내린 비로 마당은 촉촉하고 햇살이 한소끔 가라앉는 오후 5시. 잡초를 뽑기에는 적당한 시간이다. 명아주, 쇠비름, 토끼풀, 돼지풀, 소루쟁이, 방가지 똥, 박주가리 이름도 신선한 풀들이 정원과 텃밭을 주인처럼 차지했다. 벌떡벌떡 정맥처럼 일어선 연초록 줄기들을 잡아당긴다. 까만 흙들과 함께 우르르 좁은 마당이 수직으로 일어선다.

처음엔 화분들 사이에 숨어있다가 오히려 화분들을 가리고 선 긴 줄기들. 가만히 서서 물과 거름을 그저 먹고도 제대로 손을 펼치지 못하고 좁은 화분 속에 움츠려 누운 꽃들과 달리, 잡초들은 어느 작은 틈새로 슬그머니 비집고 들어와 놓고는 대문을 열고 제 집으로 들어온 듯이 당당하다.

"허리 아프제? 잡초 뽑기를 시켜서 미안하다."

"힘들기는 무엇이 힘들어. 네 밭에 있는 잡초를 뽑는 것이 아니라, 내 마음에 있는 잡초를 뽑고 있다."

쏙 쏙 잡초가 한 줌씩 뽑혀 나간 자리. 그제야 얼굴을 내미는 붉은 흙들. 내 속에 뿌리 내린 잡초가 얼마나 많은지 한 시간 넘게 텃밭에 앉아 땀을 뽑아내고 있다. 뽑히지 않겠다고 진저리를 치며 제 뿌리를 감싼다. 우두둑 잎들만 뜯겨 나온 잡초들.

"호미 좀 줘 봐."

호미까지 동원해서 야무지게 뿌리까지 뽑아낸다. 텃밭의 잡초처럼 잠시만 멈추면 쑥쑥 제 집처럼 자라는 마음속의 잡초는 왜 한 번도 제대로 본 적이 없는 걸까. 잡초는 평소에 키우지 않아. 잡초랑 화초랑 무엇이 서로 다른데…. 비 온 뒤, 직접 풀을 뽑아보기 전에는 만나지 못했던 생각들이다.

텃밭에서 주인 몰래 눈치 없이 자란 잡초 수준이 아니라 엄나무만큼 큰 키를 자랑하는 마음을 불쑥 만났다. 아! 따가워. 가시가 많고 둥치가 너무 커서 호미로는 도저히 그 뿌리를 캘 수 없다. 항암 작용이 활발하고 약성이 아무리 좋아도 여기저기를 대중없이 찔러대는 가시는 도저히 가까이 다가가 친근한 척할 수가 없다.

가시에 찔리면서 뿌리를 빼는 일도 어렵고 항암 작용을 한다는 이유 하나로 홀로 우뚝 세워두고 오래오래 가시에 찔리는 일도 어려우니 여기까지가 한계다. 텃밭의 노동은 부산하게 솟아올라 묵정밭 수준인 마음 밭을 환히 들여다보게 한다. 내 것이 아닌데, 내 것처럼 움직인 것이 무엇인지 보게 한다.

자리를 정해두고 자란 것이 아니라 틈만 나면 비집고 들어와서 자리를 잡고는 나처럼 움직인 것들과 만난다.

"넌 내가 아냐. 내 속에 산다고 내가 되는 것은 아냐."

아무리 변명해도 그들은 나와 함께 푸른 정맥을 힘차게 움직이고 있다.

(2013. 4.)

코로나 샛길을 내다

2020년은 코로나의 해다. 누가 무엇으로 기억되거나 남겨지는 것이 아니라 무조건 코로나로 귀속되는 해다. 어떤 성과나 변화도 코로나를 능가할 수 없다. 코로나는 무소불위의 전능을 구사하며 인간의 복종을 유도해 내고 있다. 내가 무엇을 하고 싶었고 무엇을 위해 투쟁했고 무얼 얻고자 했는지 묻지 않는다.

일본으로 글쓰기 여행을 가려고 5년을 투쟁하며 준비해 왔었다. 드디어 용기 있게 명퇴를 신청하고 출발을 준비하는 그쯤 코로나가 복병처럼 나타나더니 가벼운 손짓 한 번으로 전 세계를 순식간에 딱 멈춰 세웠다. 명퇴한 그다음 날, 손자를 지키기 위해 허겁지겁 서울로 올라가야만 했다. 한 달을 손자만 바라보다가 딸의 퇴사로 겨우 서울살이에서 풀려났다.

코로나는 왜 이래야 하는지 이유를 제대로 말해 주지도 않았다. 일본으로 향한 촉수를 끊어놓는 것만 아니라 이웃과의 소통조차도 무자비하게 잘라놓았다. 덕분에 지리산으로 덜컥 귀촌하게 되었다. 지리산 자락에 숨어 코로나가 소리 없이 지나가길 가만히 기다리기로 했다.

도심 속에서 마스크로 입을 가리고 숨 쉬는 뜨거움을 피한 것만으로도 다행이라고 귀촌을 합리화시켰다. 귀촌은 작은 텃밭을 가꾸는 일부터 시작된다. 방울토마토 세 개, 고추 다섯 개, 여주 다섯 개, 가지 세 개를 손바닥만 한 산자락 자갈밭에 심었다. 거름도 없는 산자락 묵정밭에 어설픈 호미질로 잡초를 뽑아내고 고랑을 만들고 종묘상에서 종묘를 사다가 심었다.

　　토닥토닥 봄볕을
　　하루 종일 바르고

　　연초록 녹차 물을
　　혼자서 욕심내더니

　　텃밭이 좁아졌구나
　　쟁쟁 쟁 빨간 종소리
　　　　　　─졸시 〈귀촌 1─ 방울토마토〉 전문

작은 벌레들의 놀이터로 안방을 양보해 줘야 한다는 사실이 도심에서만 살아온 내가 가장 적응하기 힘든 귀촌 과제였다. 문만 열면 무조건 쳐들어오는 작은 벌레들. 꼬물꼬물 기어 다니는 것들을 향한 두려움은 쉽게 가라앉질 않았다. 아침마다 방금 자고 일어난 머리맡에 소복소복 드러누운 벌레군단들. "왜 여기 누웠어?" 간밤에 미련 없이 몸을 벗어버린 껍질들을 쓸어냈다.

　　　　두 다리로 버티기
　　　　바로 그 일이 어렵다

　　　　45도로 휜 고개가
　　　　자꾸만 굽실거린다

　　　　지은 죄
　　　　하나 없어요
　　　　오다. 가다.
　　　　탓이라면 그뿐
　　　　　　　　　－졸시 〈귀촌 2-방아깨비〉

　　코로나가 던져주고 간 절대 고독은 인적 없는 봄날 툇마루 끝에서 서성이던 노란 민들레가 하얗게 부풀다가 바람에 떠다녀도 끝나지 않았다. 산자락 가득한 봄을 저 혼자 노래하며 지천으로 흩날리던 벚꽃 나무는 연분홍 봄 사태에 몸져누웠다.

분분한 소식에도
답장 한 번 못했다

산처럼 울었거니
강처럼 웃었거니

그렇게 믿고 보낸다
저만치 동구 밖까지
　　　　　　　－졸시〈귀촌 3 -코로나 민들레〉 전문

　지리산에도 여름이 찾아왔다. 성난 코로나는 아직도 횡포를 멈추지 않고 날카로운 눈으로 째려보고 섰다. 어디 얼마만큼 하나 좀 보자. 차가운 계곡물 속으로 첨벙첨벙 철없이 뛰어들 관광객은 보이지 않고 매미 소리만 요란하다. 오는 이, 가는 이 없는 숲은 검푸른 잡초들의 세상이고 벌레들의 왕성한 발정에 몸살을 앓을 뿐이다.

무서운 흑사병을 피해 산으로 도망갔던 보카치오는 숲에서『데카메론』을 썼다고 한다. 산으로 도망 온 나는 거문고를 붙들고 시간을 보낸다. 거문고는 명상의 악기이며 선비들의 악기이다. 거문고 정악의 소리는 천년을 삭여온 자연의 소리다. 가야금과 같은 화려함도 아쟁과 같은 지극한 슬픔도 아닌 담백한 우아함이 백미이다. 인적 없는 숲과 어울려 '슬기 둥', 줄을 고르고 무현과 유현이 어울려 노는 긴 여음의 향기를 마시며 하루를 보낸다. 열린 창으로 건너온 바람과 공명하며 함께 울리는 소리. 그 소리들의 여백 속으로 숨어든 산 그림자 유독 까맣다.

진초록 땡초가 조롱조롱 매달리고 가지는 거름이 없어서일까. 엿가락처럼 배배 꼬이며 길게 키만 커간다. 식탁 위의 붉은 선물로 오매불망 기다리던 방울토마토는 벌레들의 성찬이 되어 혼자서 피고 진다. 마당 가득히 잡초가 고개를 내밀며 게으른 낮잠을 훔쳐본다. 코로나 덕분에 무서운 것이 없다고 제 맘대로 키를 키우며 손을 휘휘 내젓는다.

수확한 채소 가격보다 종묘 값 농기구 값이 더 들어간 텃밭 가꾸기로 결산을 본 귀촌 일 년. 손바닥만 한 텃밭이 운동장만큼 넓고 무서워 보였다. 내년에는 텃밭을 더 줄여야겠다.

코로나가 큰길을 죄다 막고 있으니 갑자기 산으로 샛길이 나 버렸다. 거문고의 여음과 숲의 정적 속으로 정신없이 내몰아서 꼬불

꼬불 비틀린 샛길과 새바람을 만들어낸다. 이정표도 없이 갑자기 나타난 샛길, 숲으로 난 그 길을 나는 지금 걷고 있다.

　징그러운 벌레도 매운 고추도 얄미운 방울토마토까지 다 친구인데, 코로나! 너도 이제 친구 좀 하자. 슬그머니 손을 내밀고 숲으로 난 샛길을 함께 걷는다. 계곡에서 놀던 파란색 물까치가 떼지어 날아오른다. 친구가 여기 또 있다.

버스 승강장

낯선 거리에 비가 내린다. 올봄에는 질금질금 내리는 고사리장마도 없이 저수지마다 깊은 속을 다 드러내 놓고 거북이 등껍질처럼 쩍쩍 갈라지며 속을 태우더니, 드디어 반가운 단비가 내린다. 적도선을 통과한 어느 구름 군단이 남풍의 부르심을 제대로 받았나 보다.

낯선 곳의 버스 승강장에 앉아서 밤을 기다린다. 투명한 재질로 만든 승강장은 점점 어두워 가는 하늘과 낮은 산자락. 건너편 상가에서 하나둘씩 등불을 밝히며 어둠과 만나는 모습들을 보여준다. 밤이 스며들고 있다. 거리는 빗물에 투영된 불빛의 물살로 술렁거린다.

차르르, 빗물을 가르는 차량들의 뒤를 따라 바람이 일렁거린다. 신문 가판대에 얹힌 빛바랜 신문처럼 누군가를 기다리며 승강장에 앉았다. 지금 이곳에서 멈춰야 할 무엇들. 돌아가야 할 불 켜진 집들. 오늘도 역시 미완으로 남겨 두어야 할 것들….

빛이 있는 동안의 노동에 감사하며 휴식을 찾아 깃을 접기 위해 숲으로 돌아가는 새들처럼 하나씩 혹은 둘씩 우산에게 어깨를 기대며 지나간다.

건너편 산 그림자는 안개 속에 묻혀 슬그머니 꼬리를 감춘다. 기다리던 버스는 지나갔고, 기다리던 사람도 지나갔다. 기다리는 사람만 남아서 버스 승강장 딱딱한 나무 의자를 무겁게 누르고 앉았다. 장마의 싱싱한 빗줄기를 타고 슬금슬금 밤이 오고 있다. 오늘은 또 어디서 머물며 무거운 머리를 눕혀야 하는지. 햇빛을 삼켜버린 밤은 낡은 방 한 칸도 남겨놓지 않고 몽땅 다 삼켜버렸다. 시린 바람이 분다.

비 오는 저녁. 낯선 승강장에 정물처럼 앉아서 '나 밖의 움직임'을 바라보고 있다. 손을 아래위로 흔들며 잠시도 발걸음도 멈출 수 없다는 듯이 분주하게 승강장을 도는 불안한 소년의 어깨 위로도 비가 내린다. 코끝이 빨간 초로의 사나이는 정물처럼 앉은 여행자를 지켜보다가 낮술처럼 달콤한 꿈에 빠져 끄덕거린다. 연분홍 바지를 입고 장 구경을 나왔다가 잠시 비를 피한 할머니는 친구를 만나 반갑게 손을 흔들며 빗속으로 걸어 나간다.

모였다 흩어지는 버스 승강장은 비를 맞아도 바람이 불어도 밤이 와도 그 자리를 지킨다. 지친 여행자에게 발이 부르트도록 어디를 헤매고 다녔는지 묻는다. 제 길을 모른다면서 누구의 길을 찾느냐고 묻는다. 빗물처럼 촉촉이 알코올에 젖은 술주정꾼의 안타까운 평화에 관해 묻다가 아직도 서성거리며 도는 소년의 불안한 설렘에 관해 묻는다.

검은 아스팔트 길 위로 나선 빗방울들로 거리는 다시 한번 환하게 꽃이 핀다. 노란 꽃, 붉은 꽃 빗길은 화사한 꽃밭이다. 지나가는 바람에게 소리를 내며 화답하는 꽃밭이다.

승강장 기둥에 어깨를 대고 두 다리를 쭉 펴고 땀에 전 맨발을 까닥거리며 비를 지켜보며 앉았다. 세상이 내게로 오는 소리를 듣다가 내게서 세상이 빠져나가는 소리를 듣는다. 오늘 꼭 가야 할 곳이 없다는 것은 자유이다. 더 가야 할 곳이 없다는 것은 버스 승강장 나무 의자에 앉아서 암탉이 알을 품듯이 세상을 품는 일이다.

후드득후드득, 빗방울 따라 승강장에 모인 이들의 봇짐 속에 잠시 앉았다가 그들을 따라 불이 켜진 정다운 방으로 들어간다. 새들처럼 바삐 깃을 접고 돌아가고 싶다는 설렘으로 밤은 파도처럼 출렁거린다.

낯선 버스 승강장에 앉아 방금 세상의 끝에 도착한 여행자처럼 주변을 지켜본다. 내가 더 지고 가야 할 몫의 보퉁이. 이곳에서 슬그머니 놓아버려야 할 보퉁이를 쳐다본다. 검은 우주를 지루하게 비행하다 드디어 지구별의 어느 지점에 안착한 낯선 별의 여행자로 앉아 부족함이 없는 평화를 바라본다.

　도란도란 앉아 이국의 언어들로 속닥거린다.

　"우리는 함께 있다." 집 밖으로 나와서 드디어 집의 평화에 속하는 여행자 속에 앉아 있다. 너는 나와 같이 있고, 나는 네 속에 있다. 지켜봄은 낯선 버스 승강장으로 쓰나미처럼 밀려와 오해의 댐을 무너뜨린다.

　"우리다."

(2012. 6.)

첫눈

따악, 따악. 키 큰 왕대나무 가지가 짙은 눈발의 권세를 못 이겨 바르르 떨다가 뻣뻣하게 선 직립의 의지를 잃고 길섶으로 드러눕는 소리. 내 의지와는 아무런 상관없이 운명이 저만치 매몰차게 흘러가는 소리. 항명하고 싶은 의지만으로는 아무런 변화를 만들 수 없어서 차라리 자폭하는 심정으로 거부권을 행사하며 땅을 굴리는 소리로 섬뜩한 밤이었다.

"뭘. 어쩌라고?"

"그냥 하는 거지. 인생 뭐 별것 있겠냐."

"양가 쪽 어른들의 욕심과 형편에만 잘 맞으면 되는 일이지."

무엇이 어찌 되어야 하는지를 제대로 가르쳐 주는 어른이 그때는 없었다. 첫눈이 오는 날 만나자고 약속했다. 우리는 그렇게 겨울의 한가운데서 굵은 대나무 가지가 날카로운 비명을 내지르며 꺾어지듯 서로를 향한 마음을 사납게 접어야 했다.

현실을 사는 것이니까. 그렇게 살아야 손해 보지 않는 현명한 어른이 될 테니까. 아름다운 사랑만으로는 결코 배부르지 않으니까. 살아가면서 늘 궁금했었다. 우리가 한 그날의 선택이 최선이었을까. 내가 가지 못한 그 길의 끝에는 무엇이 숨겨져 있었을까.

힘든 선택이었다. 산자락을 헉헉대며 몰아치는 숨을 붙잡고 기어오를 때 작은 여울이 큰 소를 이루며 머리가 어지럽도록 무섭게 휘돌아쳤다. 그때마다 귓가에 들리는 소리는 그날의 대나무가 찢어지며 내지른 비명 소리였다.

"그만, 그만해."

첫눈과 함께 떠오르는 주제는 선택이었다. 무엇을 어떻게 선택할 것인가. 이것이 날 위한 것인가. 이기심을 드러내어 좀 더 편안해지고 싶어서 선택하는 것은 아닌가. 그날 이전과 이후로 나의 선택은 그 길의 색감이 달라졌다. 선택의 기준은 간단하다.

내가 이것을 간절하게 열망하는가? 이다. 바깥에서 본다면 늘 손해보고 불이익을 당하고, 자신보다 낮은 자리를 선택해 앉는 모습으로 보인다는 것이 아니라 내가 원하는 정도가 기준이다.

어느 날, 딸이 사랑하는 사람이라며 멀대같이 길쭉하고 소년처럼 맑은 얼굴을 한 청년을 데리고 왔다. 절대로 결혼은 하지 않고 혼자서 예술 활동을 하겠다는 평소의 신념과는 전혀 다른 행동이라 순간 심하게 충격을 받았고 당황했었다.

"딸아, 무슨 이유로 결혼을 해야 하니?"

"우리는 서로 사랑하니까. 같은 길을 나란히 함께 걷고 싶으니까. 흰 눈의 나라 핀란드 유학 중에 만났는데, 오빠는 흰 눈이 내게 준 가장 큰 선물이야." 딸의 대답은 가슴의 울림이 따뜻하게 여울지는 소리였다.

"그래, 정말 고맙구나."

딸은 혼자서 독립한다는 외골수의 고집을 버리고 함께 동반한다는 의지를 불태우며 준비해서 2년 만에 결혼했고, 4년 만에 아들까지 낳았다. 지금은 전혀 다른 사람이라고 말할 정도로 다양한 표정과 넉넉한 여유를 내보이며 평안하고 소박한 하루들을 만나며 산다.

첫눈은 여러 모습으로 다가온다. 늘 미완의 하늘을 바라보거나 비춰보는 일을 끊임없이 시행한 인생이 있는가 하면, 가슴의 울림에 따른 자신의 선택을 믿고 그 길에 온 마음과 온 힘을 기울이는 인생도 있다.

이 선택은 잘못된 거야. 그렇게 말하고 싶진 않지만, 그래도 내 딸들에게는 가슴으로 난 길, 그 좁은 소래 길을 용기 있게 걸어보라고 권하고 싶다. 그리고 네 몫으로 난 그 길을 끝까지 책임지는 인생을 살라고 말이다. 때때로 용감한 이웃들은 큰 주먹으로 훅 들이치며 물어온다.

"당신은 왜 작가가 됐어요?"

"어느 날 갑자기 작가가 된 것이 아니라, 작가로 만들어졌어. 가슴으로 한 선택에서 밀려난 그 날 이후로 모든 날들에서 하루하루가 도전이었지. 늘 경계의 끝자락에서 흔들리며 자신의 선택에서 오류를 찾고. 삶의 귀퉁이에 숨어있는 작은 긍정들을 증유해 나가는 과정은 글을 쓸 수밖에 없도록 내몰았지."라고 대답해 준다.

지금이라도 천사가 나타나서 당신은 작가가 되고 싶어요? 라고 묻고, 작가가 아닌 다른 것을 선택할 수도 있어요. 예를 들어 사랑이라든지. 라고 속삭인다면 남루하게 덮어쓴 이 옷을 훌쩍 벗어던지고 작가라는 두루뭉술한 감정의 딴 이름표를 과감하게 찢어버릴 것이다.

이것과 그것의 차이처럼 내 안에 알맹이를 만들고 씨앗을 심는 활동과 흉내를 내며 비슷하게 아류를 형성해나가는 과정은 출발부터가 서로 다른 것이다.

첫눈은 때로는 그리움이다가 원망이 되기도 하고 그조차도 심심하면 희망으로 부풀어 올랐다가 부질없다는 결정론에 얹혀 허무와 그 끝점이 맞닿기도 한다. 아무도 모르는 그 길은 속삭이는 단어들의 고샅길이다가 작은 회오리가 모여드는 생각의 여울이 되어 흐른다.

올해도 어김없이 첫눈은 내릴 것이다. 백설희의 '봄날은 간다'

유행가 노랫말처럼 실없는 그 약속들이 하얗게 들판에 내려와 쌓일 것이고. 또 그렇게 시간의 톱니바퀴가 돌고 돌아서 아쉬움 속에서 흩어질 것이다.

피아노를 보내다

　1981년 가을에 산 피아노를 2013년 7월에 떠나보낸다. 여러 날을 치솟는 더위로 마루가 갑갑하다고 막내는 슬그머니 피아노를 축출하자고 한다. 아무도 쳐 주지 않는 피아노는 더는 악기가 아니라 장식장이고 수납장이란다. 가족들 눈에 비친 33년째 낡아가는 피아노의 현주소다.

　띵동띵동, 영롱하게 울리는 영창피아노는 오랜 꿈의 한 자락이고 성인이 되었다는 자부심의 첫 표현이었다.

　초등 시절 내가 살던 마을은 산동네였다. '하야리야'라는 미군 부대의 담벼락이 동네의 경계가 되는 산동네. 저녁마다 부대 안은 밝은 탐조등이 켜져 있고 파란 잔디 연병장으로 차량과 군인들이 바삐 오가는 모습을 쉽게 볼 수 있었다. 산동네답게 다닥다닥 게딱지처럼 붙어있는 산비탈 집들이 모인 우리 동네에는 피아노 학원이 없었다. 연탄처럼 검은 흑인 병사들이 작은 아가씨들을 옆구리에 끼고 낄낄대며 지나가고 그 뒤를 마을 아이들이 "기브 미 츄잉, 기브 미 초콜렛"을 외치며 따라다니던 마을. 밤이면 60촉 작은 알전구 하나로 어둠을 밝히는 마을이었다.

저 아랫동네 학교 옆에 있는 피아노 학원은 꿈의 공간이었다. 수업을 마치고 학원의 좁은 문턱에 엉덩이를 들이밀고 퍼질러 앉아 책가방을 가슴에 올려놓고 한 시간이고 두 시간이고 동동 유리잔을 울리듯 맑은 피아노 소리를 들었다. 때론 '엘리제를 위하여'가 흘러나오고 때론 '소녀의 기도'가 흘러나오기도 하는 곳. 피아노 학원은 소리의 천국이었다.

초등학교 때의 내 별명은 '엘리제'였다. 누가 작곡했는지도 몰랐을 그때에도 그 곡의 이름만큼은 확실히 알았나 보다. 부모님께 피아노 학원에 보내달라는 말조차 할 줄 몰랐던 우리 집의 유일한 음원은 작은 소니 녹음기였다. 함부로 만져도 안 되고 시끄럽다고 자주 소리를 내서도 안 되는 물건. 귀한 손님이 오면 겨우 소리를 한 번씩 내질러주는 장롱 속의 보물이었다.

어른이 되면 제일 먼저 사야겠다고 생각한 물건이 피아노였다. 초등부터 시작한 합창부 활동 덕분에 고등학교 때는 음악 선생님께 이탈리아 가곡을 배우는 기회를 가졌다. 부모님께 한 달을 떼를 써서 겨우 얻은 기회. 별관 특별실 3층 좁은 성악 연습실에는 낡은 오르간이 한 대씩 앉아 있었다. 성악 연습을 위해 고2 때 처음으로 피아노 학원에 다녔다. 바이엘 교본을 들고 학교 앞 피아노 학원에서 입시 공부는 저리 밀쳐두고 피아노를 뚱땅거리던 시절이 있었다. 부산항의 밝은 불빛이 환히 내려다보이는 연습실에서 밤늦도록 목청을 다해 코리붕겐, 콩코네를 연습하던. 안개처럼 스멀스멀 산으로 기어오르는 해무 속을 자맥질하는 아름다운 아마릴리스를 노래하던 시절이….

고3이 되고 성악은 무리한 연습 부작용으로 끝이 났다. 그렇게 피아노와도 무관한 삶을 앞으로 쭉 살 것 같았다.

81년 9월 교대를 졸업하고 첫 발령지는 창녕에서도 오지에 속하는 길곡면 소재지 학교였다. 낙동강이 학교 옆을 굽이치며 흘러가는 곳. 은모래 금모래가 반짝이는 강 마을이었다.

첫 월급이라고 경리 담당 교사로부터 받은 노란 봉투 속에는 20만 원이라는 돈이 들어있었다. 첫 월급으로 부모님께 붉은 내의를 동생들에게 호기롭게 용돈을 선물하여 가족들에게 드디어 성인으로서 활동을 시작했다는 신호탄을 쏜 다음. 한달음에 찾아간 곳이 서면에 있는 영창 피아노 대리점이었다. 반짝반짝 무광과 유광으로 옷을 입은 피아노들이 미스코리아 대회라도 나온 듯이 줄지어 서 있었다. 누굴 낙점해야 할지….

30년 전의 피아노의 가격은 110만 원, 다섯 달 치 월급 분이 넘었다. 10만 원을 선금으로 내고 열 달을 월 10만 원씩 할부금으로 갚겠다고 혼자서 계약했다. 22살에 내가 번 첫 월급으로 서명한 첫 계약서였다.

내 인생은 처음부터 외상으로 출발했다. 꿈의 영역에 속하던 피아노가 외상의 권능에 힘을 얻어 자취방 한 귀퉁이를 떡하니 차지하는 순간이 그렇게 도래했다.

남지는 낙동강 삼각지에 세운 마을답게 비만 오면 홍수의 위험에 노출된다. 긴 강둑 어디 한 지점이라도 취약한 곳이 나오면 둑이 툭 끊어지면서 도도한 강물의 역류가 시작되고 마을은 순식간에 물에 잠긴다. 한 해 한두 번쯤 여기저기 작은 마을들이 물에 잠기는 소식이야 다반사지만, 피아노를 산 그다음 해 즈음일까.

낙동강에 물이 넘쳐 남지 강둑을 모래주머니로 쌓는다는 다급한 마을 방송이 나왔다. 남자 선생님들은 바지를 걷고 삽을 들고 달려가고 여자 선생님들은 작은 손전등을 들고 강둑에 올라 조명을 비춰 준다. 자갈같이 굵은 빗줄기와 쌓아놓은 모래주머니 위로 넘실거리는 붉은 물줄기. 그 물줄기를 보며 걱정한 것은 곧 넘칠 것 같은 둑이 아니라 피아노였다. 피아노는 물에 잠기면 막대에 붙어있는 양모가 떨어져서 제 소리를 못 낸다고 하던데….

이 빗줄기를 뚫고 옥상에라도 옮겨다 놓을까. 그런데 그 무거운 물건을 누가 옮겨주지? 홍수가 나서 마을이 가라앉을 수도 있다는 위기 상황에도 피아노가 안전하다면 세상의 안전을 보장받을 수 있을 것 같았던 날.

　다음날 학교 강당은 강 가까이 사는 학생 가족들의 임시 거주지로 변했다. 홍수가 횟집이 많은 그 마을 쪽으로 몰려가는 바람에 피아노는 무사히 지켜졌다.

　그 이후 피아노는 늘 나와 함께 이사를 했다. 방금 돌 지난 큰딸이 피아노 앞에 앉아서 동당거리고 피아노 의자는 가족들이 즐겨 앉는 장소 중의 하나로 마루 한가운데를 버티고 있었다. 작은딸의 음대 입시에 열심히 동참했다가 아이들이 대학을 간 이후로 더는 악기로는 사랑받지 못하고 마루를 차지한 정물로, 오랜 기억을 가진 가구로 전락한 채 어제까지 그 자리를 지켜왔다.

　딸의 축출령은 처음엔 뜻밖의 사태였다. 감히 피아노를 내보내다니…. 그것이 어떤 물건인데. 그저 돈을 듬뿍 주고 사다 놓은 물건이 아니라 음악가의 꿈을 안고 희망과 추억을 가득 담긴 물건인데.

　삶의 의미가 무엇인지. 무엇을 추억하고 무엇을 기억하고 살아야 하는지. 내게로 와서 30년이 넘도록 함께 부대낀 시간을. 어릴 적부터 품어온 음악가의 꿈을. 그래! 만나는 날이 있다면 헤어지는 날도 있는 법이지.

　피아노란 이름으로 남은 음악가의 향기는 막내딸이 가야금으로 이어받아 시립단원으로 활동하고 있다. 27년간 사물놀이 지도, 10

년째 음악 전담교사를 수행하고 있다. 착실한 지역 음악 감상회와 아마추어 기타 모임의 멤버로 매주 모여 연습을 하고 있다. 음악을 현재치로 살아가고 있다.

지금이 피아노를 놓아줄 적기이다. 음악과 내가 둘이 아니라 하나로 느껴지는 때. 눅눅하게 습기 찬 세월 속에 내버려 두는 것보다는 산뜻한 기억 속에 갈무리하는 때이다. 주절주절 꼬리를 문 긴 이야기들이 쏟아져 나와도 이제 딱 이만큼까지만, 함께 해야지.

퇴근 시간에 맞춰 나타난 피아노사 직원은 간단하게 무거운 동판을 공깃돌 옮기듯이 굴려나간다. 참 쉬운 일이다.

"가격을 얼마나 쳐 드려야 하나요?"

"좋으실 대로 하세요. 평소에 잘 아는 이웃인데, 부담 갖지 마세요."

가격을 얼마나 받는지도 모르고 피아노 하나를 떠나보낸다. 피아노가 있었던 마루의 풍경 하나를 지운다. 씁쓸하고도 달콤한 기억의 다발을 쪽마루에서 가슴으로 훌쩍 옮겨 담는다. 마루에 함께 담겨 있던 낡은 기억의 잡동사니들을 쓰레기통으로 보내고 그 자리에는 일인용 자리를 새로 깐다.

깔끔하게 깔린 자리 위에 2인용 노란 겨자색 사각 소파를 놓고 넓어진 마루만큼 새롭게 놀러 온 여름밤 바람을 맞는다. 피아노 자리만큼은 비웠다고 생각했는데, 다시 보니 빈틈이 없다. 산다는 것은 무엇으로 채워 가느냐의 문제이다. 피아노로 채워도 좋았지만 바람으로 채워도 참 좋다.

　시원한 여름밤, 열린 창 너머로 바람이 몰려와서 출렁거린다. 섭섭해하지 말라고 다독다독 등을 두드리고 간다. 그렇게 피아노를 떠나보냈다.

　아프지 않게 쑥쑥 성장하고 있다.

(2013. 7.)

눈도장

그해 겨울은 눈이 잦았다. 지방 대학교 2학년. 가난하기만 한 그때 우리는 참 어설프고 어린 연인이었다. 비좁은 자취방이 재산 1호이고 그나마 연탄 위에 작은 물통을 놓고 물을 데워주는 시설이 있어서 더운물을 쓸 수 있고 부엌 바닥이 시멘트 바닥이라 간단한 샤워라도 할 수 있다는 것이 큰 선물처럼 느껴졌던 시절이었다.

전날 밤엔 연탄까지 꺼뜨리고 밤새 서로의 체온에서 온기를 나누며 자그마한 이불을 당기며 새벽까지 뒤척거리다가 그날 아침도 역시 늦잠을 잤다. 창밖으로는 다세대 주택의 아침 소음이 부족한 새벽잠을 밀고 들어왔다.

툭 툭 툭, 연탄을 깨뜨려 뿌리는 소리. 하나뿐인 화장실 문이 바쁘게 여닫히는 소리. "또 놓쳤다. 늦잠 자서 오늘도 눈도장을 못 찍었다." 그는 눈도장을 못 찍은 일이 자신 탓이라 느꼈는지 서둘러 두꺼운 옷을 입고 밖으로 나가자고 재촉을 했다.

꽁꽁 언 골목길 옆엔 간밤에 내린 눈이 군데군데 비로 쓸어낸 곳도 있고 또박또박 선명하게 찍힌 발자국들이 붉은 흙과 연탄재 사이에서 얼룩져 녹아내리고 있었다.

"들판으로 가보자. 거긴 아직 사람들의 발자국이 없을 거야."

아직도 개발이 덜 된 중소 도시의 변두리에 펼쳐진 작은 수목원들은 간밤에 내린 눈으로 길을 제 속으로 깊이 감춰버렸다. 바람 앞에 앙상한 과수나무들은 하얀 눈옷으로 따뜻하게 갖춰 입고 아침 햇살을 반짝이며 어서 오라고 손짓해 부르고 있었다.

"야! 발견했다. 내가 먼저 눈도장을 찍을 거다."

깨끗하고 소복한 눈이 유독 그 자리에만 곱게 내려와 앉았다. 첫 새벽, 누군가가 와서 지그시 눌러 오래오래 기억에 남는 발 도장을 선명하게 찍어 주길 기다린다는 듯이….

"앗! 살려줘."

긴 다리로 순록처럼 소리치며 앞서 달리더니 갑자기 외마디 비명 소리가 들판을 깨부순다. 우리를 기다려 준 그 소복하고 찬란한 눈밭은 수목원에서 사용하는 야외 퇴비장이었다. 일 년 내내 도시의 똥을 모으고 두엄이나 짚, 풀 등속을 함께 넣어 푹 썩혀 내년의 과수 농사를 대비하는 똥 무더기.

"푸 하 하 하 하…."

"웃지만 말고 빨리 꺼내줘."

힘들게 끌어올려 보니, 여기저기 얼어서 굳어버린 황금빛 똥 덩어리. 모락모락 하얗게 김을 내며 비누처럼 피부에 착 달라붙어 슬금슬금 녹아내리는 노란 거름 물줄기들. 주변에 있는 수돗가에서 물을 끌어다가 눈 온 아침 들판에 그대로 세워 둔 채 위에서 아래로 세차하듯 물을 뿌렸다.

뚝 뚝, 똥 덩어리들이 떨어져 내리고 누런 지푸라기와 곰삭은 낙엽들이 발밑으로 고랑을 이루며 노란 설탕처럼 흘러내렸다. 그의 몸에선 아침 안개를 닮은 하얀 김이 열꽃처럼 피어올랐다. 20대 초반의 젊은 몸에선 추위보다 오래 묵힌 그 냄새가 더 큰 적이었다.

눈이 오면 첫 새벽에 일어나서 누구도 밟지 않은 순결한 그 숲길에 눈도장을 찍기를. 새의 발자국처럼 선명하게 눈도장을 꾹꾹 찍어야 그의 곁에 오래 머물러 줄 거라고 믿고 있었다. 그날, 시린 들판에서 겨울새처럼 선명하고 파란 눈도장을 찍지 못했다. 그 이후로도 우리에겐 눈도장을 찍을 기회는 더 이상 오지 않았다.

군대로 입대하는 철든 소년과 청년 사이의 순간은 멀리 던져두고 싶어도 저 스스로 길을 알고 찾아왔다. 군대 가면 여자 친구가 고무신을 거꾸로 신는 것이 제일 걱정이라는 그를 4월의 영산홍이 두드러지게 붉었던 훈련소 정문 앞까지 웃으면서 보내주었다. 훈련소의 날카롭고 육중한 철문을 뒤돌아 나오면서 하얀 고무신을 탁탁 소리 나게 털었다. 그렇게 눈처럼 시리던 청춘의 시절과 안녕을 고했다.

때론 그리움으로 몸살 나도록 안타까운 순간이 찾아올지라도, 더 이상 가난하고 우울했던 대학 시절을 기억하고 싶지 않았다. 그는 내 고단한 기억의 중심에 우뚝 선 기둥이었다. 나를 버티게 해준 유일한 사람. 온통 푸른색과 보라색으로 얼룩진 기억을 눈처럼 한꺼번에 지우려고 그를 선택했다. 그를 기억하지 못하고 나를 기억하지 못하는 다른 사람이 되고 싶었다. 그렇게 다른 사람으로 기억하며 살았다.

오랜 시간이 지난 지금, 눈이 오는 날이면 길바닥에 선명하게 찍힌 발자국들을 유심히 바라보며 걷게 된다. 누군가가 방금 눌러서 찍은 듯 모서리까지 산뜻한 발자국. 조금씩 녹아내리면서 흩어져 가는 발자국마다 하나씩 걸었을 그날의 약속이나 믿음을 떠올린다.

"넌 아니? 그때 네가 그 눈 속에서 급히 입고 간 후에는 결국은 돌려받지 못한 청록색 잠바 말이야. 사실은 열아홉 살 동생이 남긴 마지막 유품이었어. 동생이 보고 싶을 때마다 그 향기라도 한 번씩 맡아보려고 그 애 몫으로 남겨진 것들을 태우면서 겨우 건진 하나뿐인 선물이었어. 넌 아직도 청록색 그 잠바 갖고 있니?"

열아홉 살 봄을 맞는 동생을 자살로 잃어버린 아픔을 녹여주려는 그의 대학 2학년 시절은 뜨거웠다. 삶에 대한 가치를 이해할 수 없었고 살아야 할 이유조차 찾지 못해 미친 듯이 질주하는 상처뿐인 연인을 위한 그의 노력은 이른 봄날. 강기슭의 얼음을 뚫고 용감하게 손을 내민 통통하게 살찐 하얀 버들강아지처럼 싱싱하고 격렬한 손짓이었다.

스스로의 어둠에 포위된 날 버리는 것이 그에게도 바른 선택이라 믿었다면 그는 날 믿어 주려는지. '그랬니.' 하며 가볍게 웃어주려는지….

눈이 온 아침이면 수다스런 발자국들 속에서 그의 발자국 소리도 듣는다. 강변의 여기저기서 울리는 눈의 속삭임과 함께 아직도 그 강변에서 기다림의 갈망을 듣는다. 청춘의 뜨거움이 흰 눈과 함께 선물처럼 날 기다리고 있다. 지키지 못한 약속과 지킬 수 없었던 약속들에게 선명하고 시리게 눈도장을 꾹꾹 눌러 찍는 일이 내 몫으로 남아있다.

내일의 기억

　가을밤 음악회가 창원 용지 못에서 개최된다고 멀리서 왔지만, 장대같이 굵은 비가 오는 길목부터 시작해서 방해한다. 기대한 음악회는 취소되고 굵은 비를 맞으며 동그랗게 모여 앉은 플라스틱 의자들만 심각하게 음악을 듣고 있다. 비 오는 노천 음악회의 선율이 아주 고왔는지 의자들은 갈수록 말끔한 얼굴을 하고 있다.

　차선으로 DVD관에서 선택한 영화는 2006년 제작된 일본 영화로 감독은 츠츠미 유키히코, 남자 주인공 사에키 미사유키 역에는 유명한 중견배우 와타나베 켄 여자 주인공 사에키 에미코 역에는 히구치 카나코가 열연을 한 가족 영화 〈내일의 기억〉이다.

　중년의 잘 나가는 광고업계의 부장이 알츠하이머라는 질병으로 서서히 사회에서 소외되고 자신의 기억을 잃어가는 가족의 비극을 영화는 수채화처럼 투명하게 그려냈다.

　"인간이 가진 고통이 무엇일까요? 기억을 잃어버리는 것과 질병으로 고통받는 것 중 어떤 것이 더 고통인지요?"

"꽃동네 호스피스 병동에서 본 환자들의 고통과 몸은 편안할지 몰라도 기억을 잃어버리거나 이성의 끈을 놓아버린 사람들의 고통을 비교해 보면 아무래도 질병의 고통이 더 클 거라고 생각해."

"특히 에이즈는 우리가 폐암을 고통스럽다고 하는데 그 고통스럽다는 폐암의 100배 정도의 통증을 유발한다고 하는군. 고통을 인지하지 못하는 것이 기억이라면 기억이 없다는 것은 고통이 줄어드는 셈이라 해야겠지."

"아니요. 고통이 아무리 강력한 것이라 해도 인간이니까 느낄 수라도 있는 법인데, 기억을 잃는다면 인간다움 그 자체를 잃는 것, 질병의 고통은 인간이란 의식이 살아 있음으로 느낄 수도 있는 것이니 기억이 없거나 의식이 없는 것과 질병의 통증과는 비교할 수 없다고 봐요."

고통의 질량이 얼마이더냐. 마음의 무게가 얼마이더냐? 神이 아닌 범부 누구의 눈으로는 제대로 측정이 불가능한 수치 기준을 갖고 말을 하고 있다.

"인 샬 라."

사막 원주민의 인사처럼 神만이 이시고 神의 뜻대로 이리라. 고통이 왜 왔는지, 왜 고통인지, 질문하는 일은 종교의 문제이고 종교의 출발이라 한다. 고통의 세상에 오신 부처님이 수수생생의 업진을 자르고 홀연 깨달으니 부처가 되어 불교라는 종교가 탄생하고 아담과 이브의 원죄를 대신해서 십자가에 못 박히신 예수님이 계셔서 크리스트교가 시작되었으니, 고통이 무엇인가를 질문하는 순간 이미 종교 속에 성큼 들어와 있는 거다.

고통은 있으나 어찌하여 고통의 양은 천차만별하며 고통의 통점은 느끼는 사람마다 다른가. 종교에서는 죄악의 세상에 태어난 죄라 한다.

"너의 죄가 저녁놀보다 붉어서 네가 이 세상에 태어났다. 태어난 순간 큰소리로 하늘을 찌를 듯이 우는 것은 고통에 직면한 두려움 때문이란다."

무슨 인연으로 우리가 세상에 와서 고통에 직면하든 간에 고통이 있어서 인간이란 걸 스스로 자각하게 한다. 온점과 통점을 통해서 자신을 보호하고 눈앞의 위험에 저절로 눈을 감고 소리를 지르게 한다. 고통은 지고 가기 힘든 십자가이기만 한 것이 아니라 인간이 종족을 보호하는 활동 중의 하나라고 본다면, 고통은 커다란 악성 암 종에서 제법 가벼운 양성 종양 덩어리로 줄어든다.

고통은 너는 있고 나에게는 없는 것이 아니라, 누구나가 갖고 있는 것으로 공통된 것들과 나만의 고유한 것으로 분류할 수 있을 뿐이다. 제 눈의 대들보는 모르고 남의 눈의 티끌만 바라본다거나, 남의 떡이 더 커 보인다. 지금 내가 지고 가는 이 고통은 내가 살아가는 인간이라는 증거이다.

"내가 살아있구나. 피를 철철 흘리며 이 길을 걷고 있지만, 그래도 펄떡펄떡 심장이 뛰고 이마엔 땀이 흐르고 있구나."

내 몫의 고통은 누구와도 비교할 수 없다. 고통은 고해의 바다, 죄악의 바다에서 내가 꼭 붙잡고 가야 하는 외줄기 끈이다. 이 끈을 통해서 내가 세상과 만나고 있으니 고통은 세상과 나와의 통로이다. 지그시 눌러오는 통증을 안으로 삭히며 고통을 등에 업고 마지막 골인 지점까지 묵묵히 걷는 것이 나의 소임이며 태어난 이유임을 오늘 드디어 배운다.

내 몫이 더 크다고 왝왝거리며 투정할 일도 아니며, 더 무겁다고 훌훌 버리고 간다고 해결될 일이 아니라 이것이 삶이거니 여기고 함께 가는 것이라 배운다. 울고 싶을 때 지친 어깨를 감싸 안고 함께 울고, 기쁠 때 큰소리로 함께 웃는 것이 고통과 나와의 관계이며 세상에서 존재하는 이유이다.

영화를 보면서 기억의 고통뿐 아니라 질병의 고통, 내 삶의 고통 전체를 바르게 바라보게 되었다. 고통의 눈물은 완벽한 카타르시스이자 구원이며, 삶을 새롭게 탄생케 하는 신비이다.

도망가거나 밀어낼 대상이 아니라, 다정하게 손을 잡고 죽음을 향한 먼 길을 함께 갈 유일한 벗이다.

(2007. 9.)

대상포진에 묶이다

9월에 들어서면서 대상포진에 덜커덕 묶여 버렸습니다. 남들이 앓곤 하는 흔한 병인 줄로만 알았는데, 막상 내가 묶이고 보니 귀찮은 일이 한둘이 아닙니다. 퇴근 후에는 별다른 계획을 잡지 말아야 하며 덧붙여서 활동하던 모든 웃자란 가지들을 당분간은 쳐내야 한다는 일이 우선 어렵습니다. 방안에서 가만히 등을 붙이고 누워있는 일은 더더욱 고난도의 일입니다.

일주일을 잘 보내야 평생 고생을 안 하고 지나간다는 의사의 협박성 권유를 듣고 가만가만 하루하루를 보내는 일은 통증과의 싸움이 아니라 지루한 일상과의 싸움입니다. 지루함에 지쳐 저녁 산책에 나서고 하릴없이 강변에서 바람을 따라 걷다가, 커피숍에서 우유를 넣은 커피를 마시다 불빛도 지쳐서 축축 처져갈 쯤 집으로 들어갑니다.

집안에 앉아 버티는 연습과 내공이 부족한 것 같습니다. 가만히 숨죽이고 앉아 면벽수도 하라고 내려준 숙제인데, 꼼지락꼼지락 '그 자리에 앉아 있음'을 보전하는 것이 어렵습니다.

지난 일요일에는 차를 끌고 사천만 서포대교 밑까지 가서 바다를 지켜보았습니다. 의자를 뒤로 밀어내고 길게 누워 차창 밖의 끈끈한 바닷바람을 커피처럼 마시며 누워서 시간을 보냈습니다.

이 나이 때면 실내의 공간으로 침잠해 가라앉을 수 있는 것 같은데, 여직도 길에서 서성이는 바쁜 여행자의 포스를 벗지 못했습니다. 늘 서성이고 떠다니고 출발해야 하는 자리에서 이제는 돌아와 내 누이같이 말끔한 평화를 선물할 나이가 됐다는 걸.

그리하여 길고도 멀었던 여행의 이야기를 천천히 풀어내야 한다는 걸 대상포진이 직접 몸으로 던져주었습니다. 그러나 날 것 그대로 그 소식을 덥석 안아 주기가 어렵습니다. 아직도 끝나지 않은 거친 옹이들이 가슴에 가득합니다. 풀어야 할 숙제들이 여기저기를 들쑤셔댑니다.

던져 놓고 보면 아무런 의미도 발견할 수 없는 자잘한 습관의 비늘들이 가득합니다. 대상포진을 몸에 달고 살면서 내가 알아야 할 것은 이제는 집으로 돌아가야 한다는 사명입니다.

'집으로 가야 한다.'

그것은 어떤 집일까요. 답답하다고 던져버린 그 집일까요. 무거운 것들은 훌쩍 던져버린 집일까요?

화산 속의 마그마처럼 내 속에서 끓어 넘치는 분노로 빨갛게 솟아오른 작은 종기들은 시간이 가면서 꾸덕꾸덕 딱지가 앉았습니다. 대상포진의 춤은 끝을 향해 달려가는데, 집으로 돌아가는 방법을 찾지 못한다면 언제 다시 분화할지 아무도 모르는 활화산 하나를 가슴 한가운데 떡하니 키우는 셈입니다.

어떤 집으로 가야 할까요. 내게 집은 무엇일까요. 너무 오래 떠나 있었더니 집이 주는 그 의미를 어느새 잃어버렸습니다. 어디로 가면 만날 수 있는지 그 길조차 모르겠습니다. 집이 무엇인가? 꼭 찾아서 챙겨보라는 소식을 듣고 온몸으로 열을 내며 탐색 중입니다.

집으로 돌아가라는 귀환 명령서에 귀를 기울이며 집으로 가는 길목을 탐색 중인 걸 보면 아직도 여행자입니다. 어느 길의 건널목 앞에서 신호등을 바라보며 서성이는 여행자입니다. 귀향을 기다리는 여행자입니다.

정오각형 그리기
정말로 어렵지요

비틀비틀 길이가 다르고
울퉁불퉁 각의 크기가 다르고

자꾸만

도망가는 선분을

자 들고

따라만 가지요.

　　　　　　　－졸시 〈집〉 전문

달걀 꾸러미

"달걀 갖고 가시오."

나른한 장마철 주말 오후에 문자가 떴다. '무슨 달걀이 도심 한 가운데 나타났다고 문자까지 보내는 거야.' 투덜투덜 지청구를 보태며 친구 집에 도착했다. 거실 가득 쌓아놓은 물건들.

"이것이 뭐야? 마트 주인할 참이었니?"

미국 수입 과자 열 줄, 달걀 일곱 판, 통조림 열 개, 쌀 3kg, 조림 반찬 4종, 커피믹스 280개용 두 통, 당면 2kg용 두 통, 우유 1L 들이 두 통이다.

"무슨 큰 잔치 앞두고 있냐?"

"동생이 보냈어."

"왜 무슨 일 났냐?"

"그냥 보냈으니 미칠 일이지."

15년째 우울증과 함께 사는 여동생이 보낸 선물이란다. 지역봉

사단체에 냉동 돼지고기를 몇십 킬로그램씩 사서 보내다가 유통기한이 지난 것을 보냈다는 가족들의 성화에 "유통기한이 왜 필요한데?"라며 불같이 분노하더니, 이번에는 주변에 있는 가족들을 향해 마트에 담긴 물건들을 퍼다 주고 있다.

"차도 없고 이 물건들을 내가 어떻게 다 처리하니? 네가 제대로 처리해줘."

차가 있다는 사실 하나가 전격적으로 처리반으로 임명되는 계기다. 갑자기 주말이 바빠진다. '이것들도 나름 생물인데 유통기간에 맞춰 속전속결 해야 나눠줘야 욕먹는 일이 없지.'

"달걀 드릴까요? 멀리 있습니까? 가까이 있습니까?" 일일이 상대방의 행동반경까지 따져가며 전화를 하고 다양한 생필품을 이집 저 집으로 물어다 나른다.

"참! 무슨 일이야. 이 경우는…."

친구의 동생은 집안에 강도가 들어와서 놀란 일로 마음을 다친후로는 조증과 울증 사이를 반복하고 있다. 아들 둘과의 대화 말고는 주변인들과의 대화는 없다. 남편과의 대화나 식사는 물론이고 이웃과의 교류도 없이 15년을 좁은 방안에 스스로를 고립시키거나 마트에 가서 잡다한 물건을 사재기하는 일로 하루를 보낸다.

'우리 아들은 공부를 잘해요. 서울대학 가야 해요.' 그녀의 꿈은 아들 둘을 서울대로 보내는 것이다. 첫아들은 경북대를 졸업하고 카이스트 대학원에 재학 중이고 작은아들도 역시 경북대를 졸업해서 올해 럭키금성에 취직했다.

"우리 아들 서울대 가야지."

아들이 어디서 무엇을 하는지도 모르는 그녀의 기도와 꿈은 서울대이다. 가냘픈 몸피로 파란 플라스틱 슬리퍼를 질질 끌면서 마트를 매의 눈으로 맴도는 그녀의 하루. 그 고단한 삶의 기도는 '서울대' '우리 아들' 두 단어로 집결된다.

어머니의 기도는 가치에 대한 기대가 아닌 물질에 대한 기대이다. 전쟁을 치른 가난한 나라의 어머니는 자식이 서울대 가서 배부르게 사는 일. 법관이나 의사가 되어 권위나 기술을 갖는 일이다. 서울대 자체가 가난을 벗어나고 권위를 인정받는 보증수표라는 어머니. 흩어진 생각의 타래 속에서 유일하게 살아남아 자리를 잡은 생각이다.

(2014. 7.)

밤기차를 타다

날마다 땅뙈기를 달구던 태양도 숨을 죽이며 슬그머니 산자락 뒤로 숨고 검은 강심에는 네온 등불이 연꽃처럼 피어난다. 밀양역은 붉은 가로등을 켜서 한낮에 삼켜 버린 태양을 툭툭 내뱉고. 땀에 절인 후줄근한 여행객들이 밤기차를 기다리며 역사 주변을 검은 나방처럼 서성인다.

대전행 기차가 지나가고 해운대행 기차도 지나가고 진주행 무궁화 기차는 늦은 밤 9시 21분 출발이다. 두르르 지축을 울리며 하루 동안의 풋정을 사정없이 밀쳐버리고 나간다.

첫 정착 역은 진영. 몇몇 여행객이 가방을 들쳐 메고 한 번도 뒤돌아보지 않고 밤길을 걸어간다. 차창 밖은 검은 도화지를 오려 붙인 듯이 까맣다. 월요일 밤, 기차는 지쳐버린 꿈을 끄덕끄덕 흔들고 하나둘, 별이 쏟아지듯이 차량이 나타났다 사라진다. 의자 깊숙이 엉덩이를 들이밀고 산자락이 삼켜 버린 태양을 되새김질하며 눈을 감는다.

오늘 하루도 밀양은 장렬하게 뜨거웠다. 지난 30년간의 궤적 또한 장렬했다. 오늘에 바로 서 있기 위해 X축 Y축 Z축 그 축들의 흔들림 속에 온몸을 던져 넘어지지 않으려고 비틀비틀 춤을 추었다. 제대로 서 있기 위해 오래 지축의 흔들림에 몸을 맡겼다.

'이만하면 됐을까? 이만하면 고지가 보일까? 아직도 넘은 산이 없고 정복한 영토가 없다고 하진 않을까?'

버스를 이용했다면 두 번을 갈아타야 하고 세 시간은 족히 걸리는 상황인데, 벌써 창원 중앙역이다. 30분이 소요됐다. 진주까지는 1시간 30분. 기차 여행은 시간도 절약되고 시원하고 쾌적한 공간도 제공해 준다.

지난 30년 동안 나로 존재하기 위해 너와 함께 살아가기 위해 무엇을 했는지. 그것이 과연 옳기만 한 선택이었는지. 서로에게 묻고 싶었다.

작은 물고기들이 발가락 사이를 놀이터처럼 미끄럽게 헤엄쳐 다니는 호박 소 시린 계곡에 발을 담그고 자유롭게 유영하는 물고기들에게 물었다.

우린 진정한 페미니스트인지? 20대 초반 처음 만났을 때의 그 꿈을 지금은 얻었는지. 시린 계곡물은 안으로 말을 삼키고 지나간 30년을 녹여낸다. 그저 지켜보았다 한다.

어제까지 걸어온 길에서 내일은 어느 길로 가야 하는지를 찾는다. 기차는 마산역에 도착했다. 서울행을 타고 대구로 가야 할 늙은 여행객이 반대편 폼에서 기차를 탄 덕분에 마산까지 되밀려 와서 내린다. 나이 든 차장은 마산 시외버스 터미널로 가면 심야버스가 남아있다고 시간과 버스요금까지 일러 주며 택시를 타고 가야 한다는 친절한 충고까지 덤으로 덧붙여 준다.

30년을 살았다 할지라도 역주행을 했을 수도 있는 거다. 역주행이란 얼 만큼 가느냐. 어떤 역을 지났느냐에 상관없이 타고 온 기차에서 내려 온 만큼 되짚으며 가야 하는 거다.

늙은 여행객의 밤길은 멀기만 하다는 걱정을 보태며 내 삶은 역주행이 아닌지? 제대로 길을 짚고 동서남북 지도대로 걸어왔는지 또 묻는다. 넘치는 일도 부족한 일도 그때그때, 대충대충 지나쳐 결국은 역주행할 수밖에 없었던 것은 아닌지를 묻는 거다.

용의 불구덩이 깊숙이 묶여있는 소녀를 구해내지 못한 것은 아닌지. 붉은 망토를 휘날리며 백마를 타고 달려올 기사를 아직도 기다리는 것은 아닌지.

70석이 넘는 기차 칸에 열 명 남짓 승객이 남아있다. 기차는 서쪽으로 밤을 줄여가며 달리고 있다. 중리역에서 무궁화 기차는 KTX기차에게 선로를 양보하기 위해 3분을 쉰다.

아무리 스스로 잘 달릴 수 있어도 지금은 너를 위해 쉬어야 하는 시간이라 한다. 스스로 멈춰야 할 시간, 억울해도 숨 막혀도 기다려야 할 절치부심이 있다고 한다. 달리다가 멈춘 시간은 꽈배기처럼 배배 꼬여 더 길다. KTX기차는 1초의 일별도 아깝다는 듯이 번쩍번쩍 눈을 껌벅이더니 휙 하며 지나가 버린다.

네가 널 위해 무엇을 버렸는지 묻지도 찾지도 않고 지나간다. 군북 지나 반성역, 더 이상 꿈을 좇아 끄덕끄덕 인사하는 여행객은 없다. 종착역이 다가오고 있다. 밤기차는 새콤한 맛, 톡톡 쏘는 탄산 맛까지 고루 갖춘 주스 상자다. 칸칸이 피로에 절은 종착역 손님들이 가방을 찾아들고 내린다. 여기는 진주 종착역이다.

주섬주섬 기차 칸 여기저기에 던져 놓은 졸음을 걷고 30년 지기 친구를 만난 하루를 접는다. 짧고도 긴 기차 여행은 10시 52분 진주역에서 끝이 났다.

뜨끈한 땅의 열기가 아직도 후끈거린다. 밀양의 숨은 태양이 여기까지 따라왔나 보다.

(2013. 8.)

페미니즘을 위하여

사랑하는 이를 더욱 사랑하고 미운 이를 더 미워하는 것이 문학의 이데올로기이다. 문학은 피안으로 길을 안내하는 종교가 아니라 내가 속한 세상에서 좀 더 적극적으로 인간적인 모습을 보여주고자 하는 과정이다. 인간이 어떻게 더 인간적일 수 있는지 적나라하게 표현해 놓고 스스로 인간인 것을 확인하는 과정이다.

지금 사랑하는 사람이 있다면 내일의 두려움을 훌쩍 던져버리고 마지막처럼 사랑해 보라. 그 사랑이 끌고 가는 추락의 길, 질곡의 길까지를 추적하라고 말하는 것이다.

지금 미워하는 사람이 곁에 있다면 그의 미움을 구체적으로 나열해 보라. 그리하여 그런 미움에 의해 나의 미움이 어떻게 춤을 추는지. 결국은 나는 어떤 미움의 모습을 가졌는지 찾을 때까지 철저히 미워하라고 말하는 것이다.

진주에서 견성암까지 새벽 7시에 출발해서 오후 1시에 도착했다. 반나절을 달려 후줄근히 땀에 젖은 머리를 조아려 인사드린다.

"너는 무엇을 구하러 왔느냐. 문학을 위해 왔느냐. 사랑을 위해 왔느냐. 구도자가 깨달음까지 필요하냐?"

견성암 뜰에서 부처님을 바라보며 비스듬히 누운 소나무들이 긴 바늘을 뾰족하게 세우고 묻는다.

"아니요. 아니에요. 날 알고 싶어요. 날 얻고 싶어요."

주인이 있고 없고 바람은 옛적 같고 팔월의 숲은 더 푸르다.

"그래, 널 살아라. 덕숭산 한 자락 베고 살아라."

선들선들 부는 바람에 가방을 베고 마루에 누워 점점 높아만 가는 하늘을 바랜다. 눈 감으면 김일엽 스님과 나혜석 화백을 만날 수 있으려는지…

운전에 지친 몸을 소나무 아래 평상에 大자로 크게 뻗치고 눈을 감아버린다. 5시간을 달려왔건 50년을 달려왔건 간에 견성암 마당에 당당하게 선 소나무 앞에 도착한 시각은 똑같다. 지친 객이 되어 눈 감고 귀 막고 뻗대고 누워 떼를 쓰는 일이라면 똑같다. 버릴 것이 많고, 얻고 싶은 것도 많다.

나 하나 눈 감고 귀 막아 바라보지 않으면 끝날 일이다. 아스라이 기억 속으로 사라질 일이다. 내가 있어서 너란 세상이 이렇게 화려하고 아픈 그리움으로 펼쳐져 그림을 그리고 있을 뿐이다.

"견성하라."

만공 스님의 낡은 거문고가 일러준다. 저 낡은 거문고 하나를 화두 삼아 우리 민족의 아픈 근대사를 엮어낸 최인호 작가의 총총한 눈빛이 그립다. 고려 공민왕에서 시작된 거문고의 역사, 이강 왕자의 소유였던 거문고에서 만공 스님의 거문고로 지금은 수덕사 성보박물관의 유리관 속에 박제된 거문고로 남기까지의 이야기가 술렁술렁 밀려 나온다.

술대로 상하청을 청청청, 만공 선사의 굵은 손가락 아래 울었던 거문고의 통 울음은 견성이 되었을까? 거문고를 통해 노래하고 싶다는 소망 하나로 불타는 갈증의 서른 고개를 훌쩍 넘었다. 10년을 지키고 살아도 쉽게 곁을 주지 않던 거문고는 막내딸의 대학 입학과 함께 집을 나갔다.

갑자기 십년지기 거문고가 보고 싶어진다. 왼손 무명지 위에 깊숙이 씌워진 가죽 골무와 짧은 술대까지. 지그시 괘를 짚고 소리가 소리를 견제하며 울리던 공명을….

그때는 간이 나빠 직장도 가정도 지키기 어렵던 시기였다. 거문고는 태평양 한가운데 놓인 작은 구명보트 같은 존재였다. 아직도 어린 자식까지 저만치 밀쳐두고 거문고 줄에 매달려 천년 만세의 가락 속에 풍덩 빠져 간당간당 하루를 웃고 울었다. 그렇게 살아남고자 했다.

수덕사를 내려오는 첫 길목에는 수덕여관이 이응로 화백의 저택으로 지방문화유적지로 이름을 바꿔가며 버티고 있다. 절 앞자락에 납작 엎드려 수덕사와 함께 눈 속에서 저물었을 나혜석의 겨울밤이 떠오른다. 집 뒤쪽 바위 위에 외투를 입고 선 갈래머리 소녀의 통통한 볼, 앙증맞은 고 심술이 귀엽다.

수덕여관에서 그림을 그린 나혜석과 이응로 화백은 천재를 이해하지 못하는 시대의 아픔을 이 집과 함께 나누었다. 천재들의 그림 속에는 세상이 금과옥조로 믿는 이념이나 윤리 구조가 없다. 오직 그 시대만의 이야기, 오늘만의 이야기가 있을 뿐이다. 시대는 천재와 영웅에게 십자가형을 선포한다.

이역만리 프랑스의 예술가 묘역에 묻힌 이응로 화백이나 행려병자로 사라진 나혜석 화백. 시간을 거슬러 오른 그들의 죄는 주홍글씨로 남았다. 그들의 용기와 선택을 목말라 하는 오늘은, 예술과 윤리라는 이율배반에 빠져 제 길을 모른다. 일엽 스님의 견성이나 이응로 화백의 좌경의식, 나혜석의 전위적인 일탈들이 프리즘처럼 다양한 색감으로 나타나서 하늘 가득 무지개를 그린다. 하나로 모여 앉아 사이좋게 어깨동무하고 껄껄껄 웃는다.

사하촌 마을은 화려한 도시의 쇼핑몰이다. 다양한 선물 가게, 그림 가게, 식당들이 들어차 있다. 산채 정식을 시켜놓고 피곤한 두 다리를 펼쳐놓는다. 수덕사의 늦여름은 끈적끈적 습기로 달라붙는다.

수덕사의 기억을 떠올리고 견성의 자리와 사랑의 자리. 시대의 페미니스트로 산 선구자를 기리기 위해 산사의 지붕에 매달려 천년을 운다는 풍경을 8천 원을 주고 샀다. 처마 끝에 달아놓고 바람의 흔적을 살펴볼 참이다.

나혜석의 족적을 찾아 충남 홍성까지 올라왔지만 정작 기록으로 고증된 자료는 미약하다. 오히려 마음의 미로를 찾는 것이 더 쉬운 접근법은 아닐지. 시대가 굳이 지워버리고자 하는 여성성의 역사를 찾는 일은 나의 역사를 찾는 일이다. 시간과 윤리 구조 속에 함몰되길 거부하는 몸짓이다. 나혜석은 나의 페미니즘을 찾는 자력선이다.

나로 기억되길. 나로 견성되길.

타인의 구속을 거부하고 전체 속에서 홀로 산화되어 간 그녀들을 찾는 길에 오른다. 서산에 걸린 노을은 붉고 되짚어 돌아갈 길은 멀기만 하다.

(2011. 10.)

진주 역사에 앉아

전라도로 가는 늦은 밤 10시 40분 기차의 기적 소리를 기다린다. 멀리 해 지는 서쪽 끝자락 목포까지 한달음에 휭허케 달려가는 기차는 진주역사에 잠시 머물다가 떠난다.

돌아올 이도 없는데 늦은 밤 게으른 역사는 두 눈을 환하게 켜고 앉았다. 경전선 순환 열차를 기다리는 토요일 밤. 작은 도시의 역사엔 차표를 손에 쥔 인적은 없고 줄줄이 굴비처럼 엮인 기다림만 끄덕끄덕 졸고 앉았다.

이 밤이 지나도 돌아오지 않으리란 걸 아는 것만으로는 기다리는 습관을 멈출 수가 없나 보다. 눈에 보이지 않고 마음의 결에 새빨갛게 안으로 새겨 넣지 않아도 어두운 밤하늘에 그려놓은 별의 왕 북극성처럼 뚜렷하게 기다림이 서 있다.

기다리는 내가 보인다. 기다림 속에 갇힌 내가 보인다. 네가 돌아오지 않고 내가 돌아가지 않아도 기다림은 낡은 역사의 후줄근한 의자에 앉아 움직일 줄 모른다.

집을 잃고 휘청거리는 취객 꾼 하나 역사의 의자 위에 앉아 지루한 기다림 하나를 더 보탠다. 돌아갈 곳이 없다는 것은 경전선도 오랜 기다림도 취객꾼의 흐느낌도 똑같았다.

기다림의 역사에 서 있을 뿐이다.

신애리 시인의 산문학

— 산문집 『달빛을 보내주세요』를 읽고

손정란

(수필가, 평론가)

신애리 시조시인은 병술년(2006) 『시조월드』지에서 시조 신인
상을, 이듬해인 정해년(2007) 『아세아문예』지에서 수필 신인상 당
선으로 문단에 발을 디뎠다. 그리고 나서 열여섯 해 만에 실하게
일구어낸 첫 산문집 ≪달빛을 보내주세요≫를 펴냈다. 산문집을
펴냄은 작가가 살아온 삶의 과정을 숨김없이 드러내는 일이다.

　　신 작가는 부산광역시 기장군에서 태어나 어린 시절을 보냈다. 기
장군은 첩첩 기암절벽으로 이루어진 산지가 많고 동해의 해안선을
따라 긴 평야가 펼쳐져 있다. 우리나라 원자력발전소 다섯 기가 있
는 곳이다. 아무래도 작가의 굵직굵직하고 확 트인 성격은 동해바다
와 첩첩한 산봉우리들을 바라보며 자라서 그러겠거니 여겨진다.

　　부산 경남여고를 졸업하고 진주 교육대학교 교육학 석사로 마쳤
다. 신유년(1981) 구월, 창녕 길곡초등학교에서 교직 활동을 시작
한다. 정해년부터 날마다 정규 수업을 하기 전 한 시간 남짓 '선생
님과 함께 가는 시조 여행'을 떠난다. 아이들이 꼼지락꼼지락 써낸
작품을 모아 창간호 『꿈나무들의 속삭임』을 묶어내면서, 경자년

(2020)까지 14호『북적북적 시조 버스』를 발간했다. 경자년 이월, 진주 수정초등학교에서 퇴임하였다.

　신축년(2021). 살랑바람에 꽃잎이 흩날리는 봄이었던가. 하룻날 신 작가가 컴퓨터 구석구석에 담아두었던 삼백 쪽 남짓한 산문 원고를 낱낱이 찾아내 전자우편으로 보내왔다.

　작가의 손에서 마침표가 찍혀 나온 산문을 석 달 열흘이 더 지나도록 읽고 다듬기는 마땅히 해야 할 일이었으니 즐거움이었고, 희망이었다가 나중에는 얽매임이었고, 몸싸리이는 고통이었다가 마침내 굵고 팽팽한 삶의 무늬를 발견했다. 작가에게 문학이 주는 무게감 말고도 서른여덟 해를 교직에 몸담았던 이력이 보태어져 있었으므로.

　어제는 먼 곳에 있는 벗에게서 우울증이 생겼다는 전화를 받았습니다. 봄바람이 누런 모래를 가득 싣고 술렁거리고 우울증과 울렁증이 심해 도저히 이대로는 살 수 없다고. 뚝뚝 떨어져 누운 붉은 동백처럼 봄 울음이 가득 차서 병이 난 것이 아니라 증권이 나날이 바닥세로 추락하는 탓이라 합니다.

　그 말을 듣는 순간 왜 이렇듯 웃고 싶어질까요. 벗에겐 참 심각한 생활과 아름다운 생존의 문제일 텐데…. 마냥 하하하 큰소리를 내며 웃고 싶어졌습니다. 가난한 나 같은 이웃에게는 투자나 재테크라는 단어 자체가 생소하고 물 건너 남의 나라 이야기입니다.

은행에 대출해서라도 펀드에 투자하는 것이 오늘을 사는 현명한 사회인이라고 너도나도 펀드 창구 앞에 줄을 서고, 한 달에 얼마를 벌었다는 낭보로 웃고 우는 시간 동안 펀드를 몰라서, 펀드까지 가입할 형편이 못 되어서 억울했을까요. 세상을 읽을 줄 모른다며 싸잡아 어리석고 가난한 군중 속에 매몰되어서 답답했을까요.

벗의 답답하고 누런 봄을 보면서 웃는 것이 참 변덕스럽지만, 사람은 이렇게 간사한 존재인가 봅니다. 가슴 한 모퉁이에서는 타인의 아픔을 통해 자신의 행복을 살짝 확인하며 안도하기를 멈출 수 없는 존재, 유한한 존재 말입니다.

올봄은 유독 봄 멀미가 심했습니다. 천장을 모르는 듯 한없이 치솟는 기름값에 천 단위로 올라가는 대학등록금. 두 딸을 나란히 음대, 미대에 입학시켜 놓고 나날이 늘어가는 등록금에 2월은 황사만큼 누렇게 부황이 드는 달이었습니다.

하늘을 바라보며 푹푹 쉬어보는 한숨. 세상이 답답해서 헤실헤실 잇몸을 드러내며 빨갛게 웃는 동백에게도 올봄에는 짜증이 났습니다. 밀려오는 세상의 흐름을 막을 수 없을까 봐 불안해서 버티고 선 땅에서 심한 멀미를 느꼈습니다.

늦은 저녁 진주성을 휘적휘적 걸으면서 어두운 성터 곳곳에 한숨 덩어리들을 쏟아붓고 투덜거리다가 산책을 마치곤 했습니다. 친구의 소식을 들은 오늘은 내가 부자란 사실을 알았습니다.

증권에 투자해서 5천만 원이란 대단한 돈을 잃은 적이 없었고, 부동산 투자로 돈이 묶여 꼬박꼬박 이자를 물어내는 일도 없으니 말입니다. 노름해서 잃은 적도 투자해서 손해 본 적도 결코 없었답니다. 그저 학자금 마련 하나에도 아등바등 땀을 비 오듯이 흘리며 윗돌 아랫돌을 수시로 체크하는 형편일 따름입니다.

아침부터 우중충한 날씨 덕분에 하루가 더욱 더디게 흘러갑니다. 창밖으로 망진산 자락의 벼리들 환히 바라다보이고 느린 순환 열차가 산자락 아래로 길게 붉은 밑줄을 긋고 지나갑니다. 멀미 나는 봄날에 더 이상 잃을 것이 없다는 사실을 드디어 알았습니다.

봄바람처럼 변덕스럽고 누렇게 부황에 뜬 얼굴일지라도 더 낮아질 자리가 없는 줄 알았으니 당당하게 일어서서 내가 부자라고 말할 수 있습니다. 비가 올 듯이 낮아지는 하늘을 머리에 이고 꿈틀거리는 땅에 두 다리를 튼튼히 딛고 서 있는 것만은 자신 있습니다.

—〈부자로 사는 법〉 전문

〈부자로 사는 법〉을 꼼꼼하게 들여다보면 지금 이 시대의 흐름과 사회성을 포함하고 있다. 사람이 혼자 있을 때 외롭고 쓸쓸함을 느낀다는 것은 벌써 사회 안에서 다른 사람들과 함께하는 존재임을 증명한다. 이 작품은 이래야 한다, 저래야 한다고 가르치려는 산문(수필)에서 흔히 볼 수 있는 그런 의무나 책임감을 느끼게 하지는 않는다. 간결하고 쉬우면서 짜임새가 있는 문장, 바른 심성과 가치관을 담아낸 작품이다.

작가는 '증권에 투자한 벗'이 손해를 보면서 '우울증과 울렁증'이 걸렸다는 전화를 받고 큰소리로 웃고 싶어진다. 왜 그럴까. 두 딸을 '음대와 미대'에 입학시켜 놓고 '학자금 마련에도 아등바등 윗돌 아랫돌을 수시로 체크하는 형편'이다. 그런데 '증권에 투자해서 5천만 원'을 잃은 적이 없었고, 부동산 투자로 돈이 묶여 꼬박꼬박 이자를 물어내는 일도 없고, 노름해서 잃은 적도 없으니' 우울증과 울렁증에 걸릴 리도 없을 테니까.

이 작품은 자신의 존재를 새롭게 깨닫는 사랑과 희생의 가치, 곧 아름다운 삶은 자기 힘으로 이루어내는 것이라는 진실을 가르쳐준다.

부자들이라고 해서 돈을 모으는, 보통 사람으로선 생각지도 못하는 뛰어난 방법이 있는 것은 아니다. 보통 사람들이 단번에 천금을 움켜쥐려고 케이티이엑스 기차를 타고 갈 때, 그들은 완행버스를 타고 가면서 여유롭게 바깥세상을 구경한다. 부자들은 일생동안 사부작사부작 돈을 모아 두었다가 기회가 오면 목표물을 향해 달려가는, 투자를 일찍 시작한 사람들이다.

흥미로운 이야기와 작가의 삶의 철학을 그대로 담아내었다. 산문 문학의 바탕이 되는 체험이란 먼저 것에 나중 것이 보태지면서 끊임없이 불어나고 바뀌어간다. 나중 것은 먼저 것을 지우고 고치고 다듬으면서 순간순간 감동을 전한다.

'봄바람처럼 변덕스럽고 누렇게 부황에 뜬 얼굴일지라도 더 낮아질 자리가 없는 줄 알았으니 당당하게 일어서서 내가 부자'라고 말할 수 있고, '하늘을 머리에 이고 꿈틀거리는 땅에 두 다리를 튼튼히 딛고 서 있는 것만은 자신 있다'고 말하는 작가가 흠흠, 미쁘다.

병원에 가면 별다른 이상이 없어도 어깨가 꾹꾹 결리는 것 같고 명치끝이 답답해지면서 현기증이 일어난다. 하얀 가운을 입은 의사의 바싹 마른 입매만 바라보면 당신의 어느 부위는 심각한 상태이군요. 라고 금방이라도 서릿발 같은 치병 사실들을 주르륵 쏟아놓을 것 같아 연신 불안해진다.

대출하려고 조퇴하고 은행에 들어서면 은행 돈 모두가 내 돈도 아니고 은행에 저축용 통장 하나를 만들지 못했으면서도 괜히 두근두근 울렁증이 나온다. 대출해야겠다고 결심한 날 이후로 가슴에 큰 바위 하나를 며칠째 얹어놓았다.

당신의 신용도는 낮군요. 당신은 앞선 대출이 너무 많아서 지금은 대출할 자격이 없어요. 은행 돈이 내 돈도 아니라면서 은행 창구에 와서 돈을 달라고 무리하게 떼를 쓰는 것 같아 가슴에 얹힌 돌이 시간이 갈수록 무거워진다.

서류를 준비해서 번호표를 꾹 눌러 17번. 상담 순서를 기다리는 지루하고 초조한 시간 동안 사각사각 마음이 안으로 타들어 가는 소리가 들린다. 얼굴로 열이 몰려올라 붉어지기 시작한다.

당신은 왜 그리도 경제 관념이 없소.

창구 어디선가 날카로운 목소리로 내 삶의 정체성을 두들겨 팰 것 같아 연방 주변을 두리번거리며 핑곗거리를 찾는다. TV 화면 속에 나타난 설원의 흰 늑대 뒤를 쫓다가 작은 아기의 칭얼거림을 듣다가. 창밖에서 삐뽀삐뽀 119 구급대가 지나가는 소리를 쫓다가 기다리는 시각은 오뉴월의 마른 햇살 다발처럼 바짝바짝 빈 가슴을 태운다.

"왜 그런 인생을 살았소. 왜 그리 자식 욕심이 많았소."

50년을 지탱해 온 무게가 은행 창구 앞에 서면 줄어들기 시작한다. 자꾸만 자꾸만 줄어들다가 한 점 벽에 붙은 풍선껌 딱지만 해진다. 아래층 로비에서는 손님을 찾는 종이 땡땡 가볍게 울리는데, 위층 대여 창구의 지루한 침묵은 흐린 어항 속 금붕어가 마냥 저 혼자 뻐끔거린다.

아, 기다리는 시간을 꾹 눌러 버리고 얼른 자리를 털고 일어나 가방을 들고 문밖으로 달아나고 싶다. 나는 아무것도 필요 없습니다. 나는 이 은행에서 필요한 것이 없습니다. 그런 용기조차 말라버리고 로비의 딱딱한 의자에 한 시간째 앉아 억지로 도살장에 끌려온 소처럼 후들후들 떨고 있다.

남의 돈을 빌려서 뭘 하자는 것인지. 하루가 편해지면 한 달이 편해지고 십 년이 편안해질 것인지.

아무리 방어산 지지대까지 만들며 버티어도 삶의 대차대조표는 언제나 마이너스 상태로 추락한 50년을 조금은 가볍게 살게 해 준다면. 지루하게 기다리고 있는 농협 2층 여신 창구는 희망의 출구이다. 몇 시간, 몇 날, 몇 달의 미래가 아닌 바로 지금 내가 찾고 싶은 희망의 출구이다.

침침한 표정으로 무겁게 걸어 들어와 엉덩이를 반만 걸치고 지루한 눈빛으로 창구를 바라보다가 그것도 지겨워지면 바닥을 본다. 상대의 눈빛을 보며 마주 싱긋 웃어주며 당신 대출하는 인생이군. 이렇게 인사하는 것도 겸연쩍은 일이라 흰 타일 바닥을 향해 수직으로 눈을 꽂는다.

농협 창구의 하얀 도자기형 타일은 질서 정연하고 깔끔하게 놓여 있다. 내 삶에도 은행 창구 앞의 타일처럼 정돈된 밝음이 언제 있었던가. 대낮임에도 환하게 형광등을 켜고 하얀 와이셔츠 자락을 걷어 올려붙인 청량한 얼굴의 농협 창구 직원의 옷깃처럼 깔끔한 정돈의 시각이 있었던가.

한 건, 한 건 상담이 요구하는 시간은 직접 창구에 앉은 시간과 구경하는 타인의 시간과는 전혀 별개의 것인지 상담 시간은 엿가락처럼 축축 늘여져 있다.

드디어 창구 호출이다. 제자리를 못 잡고 후들거리는 다리를 끌고 창구 앞에 앉으니, "기존 대출이 있으시네요. 왜 이리 카드를 많이 쓰셨어요. 신용도가 하락합니다." 인생의 質이 점점 저하되고 있다고 차근차근 설명해 준다. "카드보다는 은행 창구를 이용하는 것이 더 유리합니다."

잘 알고 있는데, 그러나 손쉬운 것이 카드이고 언제나 달려갈 수 있는 것이 카드를 들고 결제하는 일이란 걸 은행 창구 직원은 모를까? 검사 앞에 앉은 죄수처럼 고개가 숙어진다. 대출 인생을 살자면 좀은 뻔뻔해져야 하는데, 별다른 충고도 아닌 것에 줄이 길게 쭉 그어진다.

두 시간이 소요되고 겨우 일천만 원을 대출했다. 창구 직원의 충고대로 한 달 한 달 목을 죄며 결제를 요구하는 카드를 해결하기 위해서다. 월급봉투의 금액보다 카드로 결제할 금액이 더 많은 상태에서 벗어나 보기 위해서다. 카드 이자만 챙겨도 농협 대출 이자가 나오는데, 참 미련한 선택이지만 겨우 지급하고 있다.

벌벌 떨며 대출한 일천만 원으로 카드 세 개를 해결했다. 아직도 카드 두 개가 더 남았으니, 해결이란 것이 멀고도 먼 길이다. 은행을 벗어나면서 가슴에 얹힌 돌이 주르르 흘러내리고 상기된 붉은 얼굴이 누렇게 제 색을 찾아간다. 내가 대체 무슨 짓을 한 것일까?

— 〈대출하는 날〉 일부

산문(수필)을 쓸 때 작가의 체험은 글의 밑거름이 된다. 체험으로 작품을 썼다는 말이 갖는 힘은 생각보다 크다. 오래 고통 받은 사람의 겸손함 앞에서 어설픈 비평의 잣대는 힘이 약해질 수밖에 없기 때문이다.

중요한 것은 산만해 보이는 삶의 조각들을 아주 자연스럽게 맞추어서 전체를 담아내는 일은 작가의 역량이다. 삶의 앞뒤를 정직하게 바라볼 수 있는 눈길. 저 밑바닥에서 길어 올리는 삶의 맛이

진하고 웅숭깊다. 이 맛이 바로 진실성의 맛이다. 창문 밖으로 내다보는 인생의 풍경이라는 생각을 새롭게 불러일으키는 이 작품은 그래서 여운이 길다.

'농협 창구의 하얀 도자기 형 타일은 질서 정연하고 깔끔하게 놓여 있다. 내 삶에도 은행 창구 앞의 타일처럼 정돈된 밝음이 언제 있었던가.'

어제와 오늘을 이으려니 내친걸음으로 무엇이든 붙잡아야 하는 절박함 앞에서도 작가의 삶은 더 오래 묵힐 것이고 더 멀리 날아가는 향기를 얻을 것 같다. 작가가 견뎌낸 삶의 무늬가 맑게 어른거린다.

가슴을 울리는 글보다 머리에 호소하는 것. 무엇인가를 깨닫고 생각하게 하는 것. 부드러움과 강함, 내어줌과 받아들임이 서로 어울리는, 그래서 작가의 가슴으로 불쑥불쑥 들어오는 감정들은 뜨겁지만 짧게 끝낸다. 머리로 들어오는 것은 뜨겁지는 않아도 길게 이어지니까.

이 땅에서 살고 있는 수많은 사람이 고만고만한 삶의 고통을 지고 각자 타고난 복을 지키려 의무를 다하며 살아내고 있다. 정작 주목해야 할 것은 작품 〈대출하는 날〉은 의미심장한 제목이 암시하듯이 작가가 보여주려는 것은 변화다. '농협 2층 여신 창구의 상담 시간을 애타게 기다리며 대출 인생을 살자면 좀은 뻔뻔해져야 함'을 확인하는 데서 오는 희망이다.

깊은 밤, 시조 원고를 손보면서 그냥 밤을 지새우는 일이 참 좋다. 내 몫의 글도 아닌데 신경을 곤두세우며 한 글자 한 글자를 병균처럼 쬐려보는 일이 참 좋다. 아이들의 글을 고치고 다듬다 밤새 재봉틀을 돌리시며 한복을 짓던 은주 어머님의 고단한 어깨가 불현듯 떠올랐다.

어머니는 안녕하실까. 남편을 일찍 여의고 어린 여섯 남매를 키우기 위해 낮에는 큰 들에서 농사일을 하시고 밤에는 한복을 짓던 어머니.

어머니는 잠도 없었을까. 돌돌돌, 두 발로 돌리는 재봉틀 소리가 자장가처럼 정겨웠다. 몇 밤을 불면으로 지새운 날이면 무조건 달려가서 짭짤한 시래기 된장국에 내가 좋아한다고 고추장에 조물조물 버무린 가죽장아찌. 붉은 양념 콩나물무침에 김치 하나 올려놓고 여섯 숟가락이 춤을 추는 그 밥상을 비집고 들어가 앉았다. 따뜻한 정이 그리우면 달려가선 어머니 재봉틀 가까이 누워서 잠을 청하면 소록소록 꿈도 없이 다디단 잠을 잤다. 아랫배에 몰리는 요의를 참다 참다 일어나보면 여직도 재봉틀 앞에 앉아서 한 번씩 우리를 지켜보시던 어머니가 계셨다.

이 밤에 은주 어머니는 무얼 하실까. 잘 키웠던 둘째 딸 은주를 멀리 프랑스 수도원으로 보내고 딸처럼 키웠던 친구 녀석은 남이었던가 보다. 가뭄에 콩 나듯이 소식만 전해주니.

시끄러운 라디오조차 귀하던 그 시절. 어머니는 길고 긴 밤을 자식들이 영어단어 외우는 소리에 불끈불끈 힘을 내시고 당신 팔이 아픈 지, 등이 굽어지는 줄도 모른 채 새벽을 맞곤 하셨다. 비좁은 방 안에서 어머니의 재봉틀에 서로 다가가려고 싸우는 일에는 내가 늘 일등이었다. 어린 동생들조차 양보해 준 그 자리, 어머니의 재봉틀 옆자리.

지난가을에는 조선간장을 떴다며 주셨고, 얇게 부친 부침개를 "네 생각나서 구워봤다."며 봉지, 봉지 싸 주셨다.

어머니는 외롭지 않으셨을까? 가을이 온 탓인지 밀물처럼 떠밀려 온 외로움이 가시지 않는다. 다시 어머니 곁에 누워야겠다. 꿈도 없는 긴 잠을 자야겠다.

돌돌돌, 재봉틀 밟는 소리. "고마 불 끄고 자라. 오늘 공부는 고만치만 하고." 그 소리를 듣고 싶다. 내 몫으로만 세상을 보고, 내 눈높이만큼만 아는 것이 분명하다. 부끄럽고도 미안하게 그동안 은주 어머니가 내게 어떤 존재였던가. 잊고 살았다. 자식 키우며 살아내는 그 일이 힘들고 아파서란 핑계를 대고 따뜻하게 제대로 된 대접도 못 해 보고 지냈다. 오히려 어머니가 내 걱정을 지청구처럼 달고 사셨다.

"그 녀석은 잘 산다 카더나? 몸은 인자 안 아프고? 늘 비틀거리는 놈인데, 집안 살림은 누가 돌봐 줄꼬?"

어머니의 한숨 속에 남은 나는 언제나 옆자리를 욕심내던 철없던 둘째 딸 친구고 배 안 아프고 얻어온 새침 떠는 막내딸이다. 큰아들과 딸이 대학을 다니고 고등학교 중학교 가방이 머리맡에 셋씩이나 줄을 섰던. 그 가난한 살림 속에 슬그머니 찾아들어 똬리를 틀고 주인 행세를 하며 생떼를 쓰던 대학 1, 2학년. 어머니는 와르르 절벽을 향해 무너져 내리던 영혼의 어둠을 막아주는 마지막 보루였다. 온기 가득한 자궁이었다.

아이들 응모용 시조 정리도 끝나고 혼자서 주절대던 음악 방송도 신명을 다했는지 조금씩 잦아 들어간다. 밤이 푸른 새벽으로 기지개를 틀고 일어나 앉는다. 이명으로 울렁거리는 내 귀에는 찌르르, 찌르르 기계 소리가 요란하다. 아침이 다가오고 있다. 내게는 보고 싶은 어머니가 계신다.

어머니는 요즘도 재봉틀을 돌리실까? 열두 폭 청남색 치마에 꽃분홍 저고리 배래선은 날렵하게 잡아주고 꽃자주색 눈물 고름까지 맵시 나게 달아달라고 생떼라도 써볼까.

먼 그리움의 끝자락에는 늘 어머니가 계신다. 하얗게 눈 내리듯 삭아가는 어머니가 아직도 뜨겁게 계신다.

이제야 겨우 철이 들어가고 있다.

— 〈가을로 가는 길목〉 전문

'깊은 밤, 시조 원고를 손보면서, 밤새 재봉틀을 돌리시며 한복을 짓던 은주 어머님의 고단한 어깨가 불현듯 떠올랐다.'로 첫머리를 시작하는 〈가을로 가는 길목〉은 은주 어머니의 이야기다. "고만 불

끄고 자라. 오늘 공부는 고만치만 하고." 그 소리를 듣고 싶은.

굳이 긴 설명을 하지 않아도 될 만큼 이 작품은 평화롭다. 군더더기 없는 이야기가 따뜻하다. 작가의 기억 속에 환하게 떠오르는 친구였던 '은주 어머니의 간절한 그리움'이 가만가만하게 나타난다.

독자들은 뚜렷하지 못하고 어렴풋한 글보다 전문성이 있고 작가가 몸으로 겪으면서 쓰고, 온 정신을 기울여 전해주는 글을 읽고 싶어 한다. 그러니 작품 〈가을로 가는 길목〉은 자신을 옥죄던 모든 고통의 근원들이 흔적조차 없기를 바라는 염원이 빼곡하게 들어차 있다.

사람은 끊임없이 이야기를 하고 이야기를 만들어낸다. 그렇기에 사람살이가 시작되는 곳에는 늘 이야기가 있었다. 그다지 특별할 것도 대단할 것도 없는 이야기지만 자연이 있고, 꿈이 있고, 이웃이 있고 사회가 있다.

'아이들 응모용 시조 정리도 끝나고 혼자서 주절대던 음악 방송도 신명을 다했는지 조금씩 잦아드는 밤. 어머니는 요즘도 재봉틀을 돌리실까? 열두 폭 청남색 치마에 꽃분홍 저고리의 배래선은 날렵하게 잡아주고 꽃자주색 눈물 고름을 맵시 나게 달아달라고 생떼라도 써볼까.

먼 그리움의 끝자락에는 늘 어머니가 계신다. 하얗게 눈 내리듯 삭아가는 어머니가 아직도 뜨겁게 계신다. 이제야 겨우 철이 들어가고 있다.'

햐! 어찌 요렇게도 맛깔스럽게 끝맺었을꼬.

창밖엔 후드득 갑자기 봄비가 내립니다. 오후부터 황사가 뿌옇고 바람의 기세가 요란하더니 돌풍과 소나기가 한꺼번에 들이닥쳐 난리가 따로 없습니다. 우중충하고 을씨년스런 이런 날씨는 정이 더욱 그리운 법입니다.

따뜻한 구들장 아랫목에 겨우내 비비고 밟았던 낡은 무명 이불에서 풍기는 편안하고 넉넉한, 가족들 냄새와 노릇노릇 잘 익은 뜨거운 김치전이 생각납니다.

할머니는 오늘처럼 갑자기 봄비가 오는 날이면 무쇠 솥뚜껑을 뒤집어 놓고 아끼는 기름을 살짝 발라 두텁고 널찍한 김치전을 구워주시곤 했습니다. 얼굴보다도 더 넓은 김치전 한 장이 접시에 놓이는 순간, 태풍이라도 후다닥 지나간 듯이 손가락들이 춤을 추고 허전한 빈 접시만 입맛을 다십니다. 아직 묵은김치라도 남아있는 봄날의 별미였습니다.

짭짤한 할머니의 김치전. 그때는 모든 음식이 짜야 맛이라고 생각했는지. 가난해서 짜게 먹었는지. 동해 바닷가 궁벽진 어촌 마을의 봄바람은 늘 무서운 존재였습니다.

갑자기 일기가 불순한 것은 일기 예보자의 탓이 아니라 불안한 대기층이 서로 부딪치는 현상이라, 언제 어디서 발생하는지조차 컴퓨터 시대인 지금도 정확하게 예측할 수 없다고. 뉴스 진행자는 목에 힘을 주고 전국파로 방송을 해댑니다. 봄바람은 누구의 탓도 아니라고. 자꾸 옆으로 또 그 옆으로 책임을 전가할 누가 있었으면 좋겠습니다.

봄바람은 어디로 흘러갈지 아무도 모른다고 합니다. 그날의 할머니는 바닷가를 휘돌고 가는 심술 난 봄바람을 잠재우는 대신에 봄날의 허기로 날뛰는 손자들을 고소한 입맛으로 잠재우셨나 봅니다.

우릉 우르릉 천둥소리조차 힘을 보태고 흔드는 날 짭짤한 기장 김치 맛이 그립습니다. 멸치를 잔뜩 넣어서 색깔마저 시꺼먼 김치, 간장에 절인 무짠지만큼 쪼그라들고 허물거리는 김치를 숭덩숭덩 썰고. 부엌 한켠에 고이 묻어둔 대파를 어슷어슷 썰어서 누런 봉지 밀가루를 쏟아붓고 손으로 주물럭거리며 반죽한 김치전입니다.

할머니의 마음이 녹아있는 김치전이라서 더 맛이 있었는지 돌아서면 배고플 성장기라서 맛이 있었는지…. 아무리 먹어도 질리지 않는 김치전을 비만 오면 구워 먹겠다는 다짐은 커가면서 잊어버렸습니다.

할머니가 돌아가시고 요즘의 아이들은 김치전보다 피자를 좋아하다 보니 혼자 먹자고 수선을 피우는 일도 귀찮아져 꽤 오래전부터 김치전을 잊고 있었습니다. 오후부터 교통사고 난 오른쪽 어깨가 흐릴 것이라 일기예보를 하고 황사가 무서워 운동도 생략한 채 쫓기듯 집으로 돌아와선 불현듯 김치전이 생각나 할머니처럼 굵게 숭덩숭덩 썰어 전을 부칩니다.

짭짤한 바다 맛, 따습던 할머니 맛이 날까 해서 기름을 듬뿍 붓고 센 불에 부쳐 내지만 그날의 맛은 영 아닙니다. 조미료가 없어서일까요. 할머니 정이 제일 강력한 맛이고 확실한 조미료였나 봅니다. 오늘처럼 봄비가 처량하게 추적거리는 날은 정이 더욱 그립습니다.

흩어진 누구라도 가족으로 모시고 김치전을 나눠 먹고 싶습니다. 콩 기름내 나는 김치전을 쭉쭉 찢어서 한 입씩 밀어 넣어 주면 묵은 정과 새 정이 새록새록 솟아나겠지요.

— 〈김치전〉 전문

'창밖엔 우두둑 갑자기 봄비가 쏟아져 내리는 것'을 보면서 작가는 '김치전'을 부쳐주시던 할머니에 대한 그리움을 느낀다. '따뜻한 구들장 아랫목에서 겨울 내내 비비고 밟았던 낡은 무명 이불에서 풍기는 편안하고 넉넉한, 가족들 냄새와 노릇노릇 잘 익은 뜨거운 김치전'이 생각난다고 썼다.

그리움은 사람을 이끌고 가는 견인차다. 앓을 만큼 앓는 것, 이것이 그리움을 견디는 것이며 그리움 속에서 사는 방식이다. 작가는 그리움을 앓았다가 깨어나면서 그리움에 푹 빠지지 않고 그리움을 키워간다.

'할머니는 갑자기 봄비가 오는 날이면 무쇠 솥뚜껑을 뒤집어 놓고 아끼는 기름을 살짝 발라 두툼하고 널찍한 김치전'을 구워주시곤 했다. 저절로 입맛을 돋우는 문장이다. 변하지 않는 존재의 본질을 깨닫는, 작가 자신의 아이덴티티를 찾아가고 있음을 암시한다.

글을 읽다 보면 문장 사이사이 담긴 진심과 오롯이 마주할 때가 있다. 어떤 글 속의 풍경은 맑은 거울처럼 우리의 마음을 슬금하게 비춰준다. 또 다른 글은 진솔한 목소리로 자신을 이야기하고, 담담하게 일상을 바라보는 눈길이 따스하게 느껴진다. 그 작품들만이 작가의 유일한 존재 방식이고 그런 작가만이 문학 세계를 가지게 된다.

못(沼)에 물이 고이지 않으면 물터가 아니다. 물이 모여야 풍덩 몸도 담글 수 있고 배를 띄워 노를 저을 수도 있다. 물고기가 그곳을 터전으로 삼아 생을 이어가며 살아갈 수가 있다. 그런데 너무 깨끗한 물에는 물고기가 모이지 않는다고 했던가. 지나치게 윤리만 따르면 예술의 참맛을 느낄 수가 없으니.

그러기에 글을 쓰는 사람은 마음속에 예술의 숲이 우거질 때까지 견디며 기다릴 줄 알아야 하고, 무엇을 말해야 할 것인가 애태우지 않고 어떻게 말해야 할 것인가에 혼신을 다하는 것이 맞다. 사람들은 가끔 날마다 되풀이되는 생활에서 어디로든 빠져나가고 싶을 때가 있다. 그 사람들의 답답한 가슴을 뻥 뚫어줄 한마디 말을 찾아 길을 떠나는 작업, 바로 문학(수필)이 담당해야 할 역할이다. 작품 〈김치전〉은 독자들에게 생각하는 길을 열어주는 역할을 한다.

이리 굴려도 그만 저리 굴려도 그만인 울퉁불퉁 돌배들이 빨간 대야에 소복이 얹혀 나와 장 구경을 하겠단다.

달 달 달, 주인만큼 숨이 찬 오토바이를 끌고 가던 새 터 장 영감이 만지작만지작 쇠먹이던 유년 기억을 줍다가 가고. 다섯 살 손자 손을 잡은 광양댁은 해소 끓는 소리로 '약은 되겠구먼.'

슬쩍 눈도장 찍다가 옆 전에 펼쳐진 아동용 빨간 겨울 부츠에 냉큼 눈길을 빼앗기고 만다. 온종일 대야 위에서 맹그작 맹그작 사분거리 다가 가을 가뭄에 뿌옇게 먼지를 입고 지절대는 수다만 잔뜩 쌓여서 누렇게 부황이 든다.

장터 모퉁이에 자리 잡은 돼지국밥집에선 연신 뜨거운 김이 올라 가고 시장기 짙은 오후 나절 빨간 대야 위의 돌배는 낮잠만 잔다.

"어이! 돌배는 얼마요?"

키가 껑충한 중늙은이 하나가 말끔한 잠바를 입고 섰다. 공무원 나 부랭이는 되겠지.

"어디 쓰실라요? 감기에 참 좋지요."

"그 대야 것은 다 담아 주시오."

늦은 점심이 드디어 해결될 것인가 보다. 우르르 소리를 내며 검은 봉지에 돌배를 쏟아 담는다.

"집 뒷산에서 딴 것이라 약은 될 것이요."

"수세미도 두어 개 넣고 도라지도 한 줌 넣어야지요."

듣는지 마는지 별말이 없는 인사가 돌배를 걷어들고 보신탕집으로 성큼 들어간다. 무겁게 싣고 온 돌배를 다 팔았으니 오늘 장은 여기 서 접고 돼지국밥집에 가서 뜨끈뜨끈한 국물에 밥이나 한 공기 홀홀 말아먹고 툭툭한 막걸리 한잔을 걸치고 올라가야겠다.

"올 장엔 옷걸이에 줄줄이 걸린 오천 원짜리 남방을 사오라 했지."

　늙은 마누라가 일러준 들일 나갈 때 입을 남방도 사고. 싱싱한 바지락과 시퍼런 파래도 사서 밭에서 쑥 뽑은 가을무를 얇게 썰어 파래는 무쳐 먹고. 씨알 좋은 조개는 보글보글 국을 끓여 먹으면 스산한 가을밤이 제법 따끈할 것이다.

　장바닥에 줄줄이 손님을 기다리며 드러누운 늙은 호박과 청양고추, 피망. 날이 곧추선 여수 앞바다 갈치와 번들거리는 고등어 등줄기 위로 짧은 늦가을 햇살이 혀를 날름거리며 익어간다.

― 〈옥곡 장날〉 전문

　신 작가의 산문에는 세상에 대한 과장이 없다. 으레 뛰어난 작품은 그저 자신을 탐구하려고 하는 인물과 주제를 담담하게 펼쳐 놓는다. 그렇다고 그의 작품이 세상과 등을 지지도 않았다. 오히려 현실에서 시작되어 현실로 되돌아온다. 작품 속에 현실을 끌어안으면서 팽팽한 긴장감을 만든다.

　신 작가는 시조시인이면서도 산문 작품 속에 자신의 체험을 깊고 넓게 받아들이며 녹이곤 한다. 작품의 바탕이 되는 재료는 자신의 마음속에 잠겨 있는 기억의 세계다.

　밭 언저리에서 가꿨을 싱싱한 푸성귀 서너 줌과 논밭 둑이나 도랑가에서 뜯었을 쑥과 돌미나리 무더기를 펼쳐놓은 아낙네들. 뒷산 비탈 밭둑에 두어 그루 돌배나무에 오지게 열린 돌배를 따와 빨간 대야에 수북하게 담아 놓았다. 슬며시 다가가 "어이! 돌배는 얼마요? 그 대야 것은 다 담아 주시오." 횡재라도 한 듯 함박웃음을 짓는, 전남 광양시 옥곡 장날.

작가는 장날 풍경을 객관적으로 바라보며 그림처럼 그려놓는다. "집 뒷산에서 딴 것이라 약은 될 것이요. 수세미도 두어 개 넣고 도라지도 한 줌 넣어야지요." 듣는지 마는지 별 말이 없는 인사가 돌배를 걷어들고 보신탕집으로 성큼 들어간다.

작품은 작가의 삶을 빼닮은 모습으로 작가와 똑같은 나이테를 그린다. 삶을 수필처럼 살아갈 때만이 독자에게 사랑받는 작품이 된다. 수필(산문) 작품은 작가의 삶의 지문이다. 그러기에 작가는 종교처럼 대하고 기도하는 마음으로 쓸 수밖에 없다.

경상도 아지매의 "여기 좀 보이소." 호남의 "우매 좋다 뿐 것." 충남의 "이것 봐 유." 이것이 5일장이다.

신애리 작가의 산문 다섯 편을 묵직하게 읽어내는데 자신을 낮추어 안겨드는 자리에 구구한 말은 앉히지를 못했다. 끓어 넘치지 않고 바닥이 타지도 않는 알맞은 높이의 눈길과 그 눈길을 따라가는 이야기들을 솔직하게 드러내 주는 것. 그만큼 자신이 놓인 삶의 자리를 작품을 읽는 사람에게 내어준다. 늘 휘몰아치던 삶 속에 서 있다가 움직임이 점점 줄어가는 어느 한순간, 시간의 흐름을 견뎌낸 작가는 몰아쳤던 삶을 비로소 돌아본다.

더러는 마음의 무늬를 펼쳐 보이기도 하고 세상을 향한 따끔한 일침을 마다하지 않는다. 작가의 현실주의는 소재의 선택과 그 소재를 밀면서 이끌어내는 주제, 인물과 사건의 구성이 현실에 튼튼하게 뿌리내리고 있으니 현실주의가 예술 방법임을 그는 말하고 있다.

작가의 산문은 독자들의 가슴에 고스란히 스며들 것 같다. 그러므로 예를 든 다섯 작품을 그다지 길지 않기에 줄이지 않고 전체를 실었다.

작가는 야무지게 옷깃을 여밀 것이려니.

달빛을 —— 보내주세요